TEA
BOOKS

Naslov originala
Enzo Gianmaria Napolillo
Le tartarughe tornano sempre

Za izdavača
Tea Jovanović
Nenad Mladenović

Glavni i odgovorni urednik
Tea Jovanović

Urednik izdanja
Gordana Subotić

Lektura / Korektura
Agencija Tekstogradnja / Agencija TEA BOOKS

Prelom / Dizajn korica
Agencija TEA BOOKS / Agencija PROCES DIZAJN

Izdavač
TEA BOOKS d.o.o.
Por. Spasića i Mašere 94
11134 Beograd
Tel. 069 4001965
info@teabooks.rs
www.teabooks.rs

ISBN 978-86-6142-127-3

Enco Đanmarija Napolilo

KORNJAČE SE UVEK VRATE

Sa italijanskog prevela
Gordana Subotić

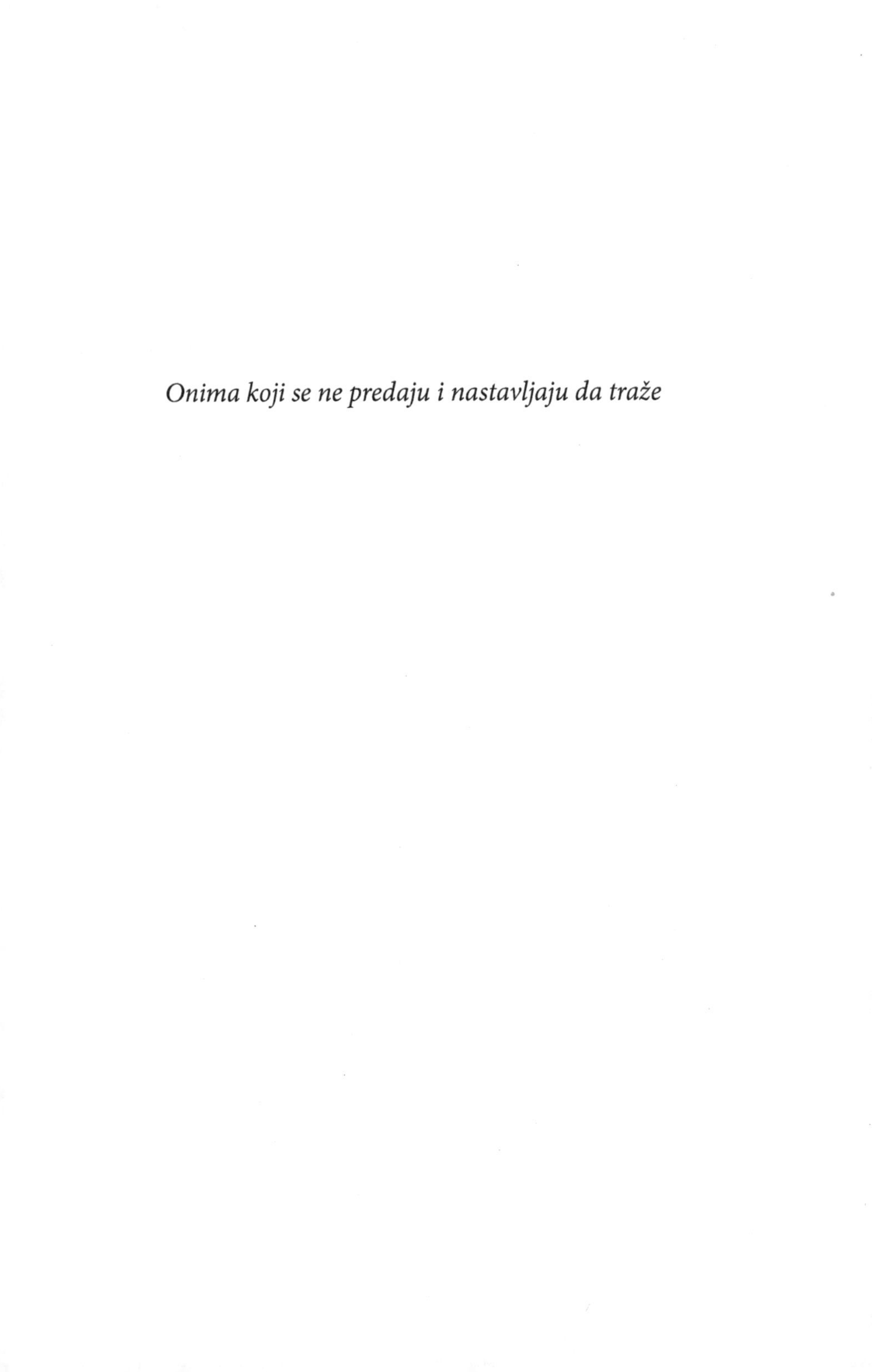

Onima koji se ne predaju i nastavljaju da traže

Ostrvo je sloboda i zatvor

Ostrvo je sloboda i zatvor. Zato Salvatore trči, od jutra do večeri, za loptom, skače sa stene, iz sve snage okreće pedale bicikla s drugovima. Obožava vrelinu koja suši znoj, kamen od kojeg peku leđa, granitu od dudinja, titranje vrelog vazduha na putu koji ostrvo deli napola, od Zapadnog rta do najvećeg mesta, u kojem skoro svi žive. U kojem živi on s roditeljima, jedinac, bezbrižni deran.

Salvatoreova mama je vešta u pravljenju šustikli. U zimu i proleće ih veze, leti ih prodaje turistima, u jesen se odmara. Tata mu je ribar, ima mali čamac s dotrajalim motorom koji upoređuje sa starom mazgom što se nikad ne predaje, i mnogo mreža da ih baca u vodu. Mušterije su mu restorani i hoteli na obali, koji svakog dana naručuju gajbice ribe. Kako bi pobedili konkurenciju smrznute ribe iz okeana, ostrvski ribari spuštaju cene, smanjuju marže. Kažu da je leti lako snaći se, ali da uvek dođe zima.

Nisu se sreli slučajno, nije ih upoznala sudbina, već uličice na ostrvu i prostor koji se širi čim se izađe iz kuće, prostor koji uzdrma i ostavi bez daha. Pričaju da su i zbog toga kuće podignute jedna uz drugu, kao da se i tom blizinom može ublažiti strah od beskraja. A dečak i devojčica koji su blizu jedno drugog nemaju izbora do da se ujedine.

Igrali su se zajedno loptom na trgu i žmurke u učionicama osnovne škole. Viđali su ista lica, slušali iste reči, delili venčanja i sahrane. Nije teško zamisliti ih s rukom u ruci na Rtu Kaladrita kako otkrivaju nove poglede u sebi.

Ostrvo je sloboda i zatvor.

Salvatore širom otvori vrata kuće, ubrzan dah mu zastane u plućima kad ugleda oca koji ljubi ženu s rukom na njenim leđima, a drugom na njenoj zadnjici. Nagonski se okrene na drugu stranu, prodiše, sluša šuštanje koje dopire od njihovog razdvajanja.

Pravi se da se sablaznio dok se penje uza stepenice i zatvara u svoju sobu. Zapravo je srećan što je iznenadio njihovu ljubav, osećanje koje mu uliva sigurnost, puštajući ga da noću zaspi čim spusti glavu na jastuk.

Uostalom, i oni znaju za njegovu ljubav i smešno se krevelje kad poštar ostavi ružičastu kovertu pored vrata. Napisao je Đuliji da bi mu sasvim odgovarala i obična bela koverta, koja bi mogla da prođe i kao podsetnik za obnovu pretplate na *Miki Mausa*, otkazanu tri godine ranije, ali ona kaže kako je to jedini način da bude sigurna da će pismo stići, kako poštari u celom svetu posebnu pažnju poklanjaju ružičastim pismima. Kad ona nešto reši, nema načina da je odvratiš. I mada Salvatore zna da je to jedan od razloga što mu je devojka ona, a ne neka druga, nije uvek lako.

Upoznali su se baš kao i njegovi roditelji, srećući se na ulici, družeći se sa istim društvom. Đulija ima šesnaest godina, jednu manje od Salvatorea, i živi u Milanu jer joj je otac čuveni arhitekta koji često ponavlja kako je život stvaran i uzbudljiv u gradu, a dosadan i jednoličan na ostrvu, dobrom za letovanje, da se opustiš i odmoriš. Đulija kaže da joj se sviđa i jedno i drugo, i ostrvo i grad, i da ne zna gde bi volela da živi kad odraste. Salvatore se pravi da ima neko mišljenje pa kaže kako mu je draže ostrvo, iako u gradu, nekom od onih s neboderima i milionima žitelja, nikada nije bio.

Salvatoreu se Đulija na prvi pogled svidela. Ona je bila ta koja mu je prišla, odavno, koja je srušila zid što u detinjstvu razdvaja dečake i devojčice.

On je igrao fudbal s drugovima, jednog dana pred kraj leta, pod još visokim popodnevnim suncem.

Stajao je na golu, obeleženom majicama i potkošuljama. Dovikivao je uputstva drugovima, nije želeo da protivnici šutiraju na gol, da shvate kako on nije golman zato što mu se to sviđa, već zato što je u ostalim ulogama još lošiji. Isticao se u plivanju, u trčanju, ali za fudbal je bio pravi duduk.

Đulija je prišla, gazeći suvu travu lagano, kao da joj je žao.

– Mogu li da igram? – upitala je.

– Ima nas paran broj, s tobom će nas biti neparan. Ako hoćeš, možeš da zauzmeš moje mesto – rekao je Salvatore, premeravajući koracima dužinu gola kako bi joj pokazao da je to dosadna uloga.

– Ne sviđa mi se na golu. Dobra sam u napadu.

– Ostali ti nikad neće dati da igraš.

– A ti?

– Šta ja?

Đulija mu se nikad ranije nije obratila, a sad mu postavlja sva ta neobična pitanja.

– Ti bi mi dozvolio da igram u napadu?

Prestao je da prati akciju, pogledao ju je. Osmehivala mu se, imala je blistave oči i odrana kolena.

– Ja bih. Mislim da bih – odgovorio joj je, kad mu je slabo udarena lopta pozadinskog igrača prošla kroz noge. Uprkos primljenom golu, niko nije hteo da ga Đulija zameni, svi su pljuvali na zemlju da bi njihovo odbijanje zvučalo važnije.

Ona nije pokušala da ih ubedi, uzela je loptu Salvatoreu iza leđa i potrčala. Tek tad su Salvatore i njegovi drugovi shvatili da su okruženi devojčicama koje ciče. Đulija je stigla do bicikla, pa sa ostalima iščezla u prašini okrećući pedale najbrže što je mogla. Trebalo im je nekoliko sekundi da reaguju, kasno su shvatili da je to bio dobro smišljen plan, da su gume na njihovim biciklima ispumpane, a da ih peške nikad ne bi stigli.

Na povratku kući, neki su tvrdili da im je Salvatore saučesnik, drugi da je on sprečio sramotu. Salvatore ih nije slušao, mislio je samo na Đulijin osmeh, na lakoću njenog bega, njenu kosu na vetru. Nisu ga više zanimali ni lopta ni utakmice, kao da nikad nisu ni postojale, zbrisane nekom silom zbog koje se smejao sâm, praćen začuđenim pogledom svojih drugova, zbog koje mu se u stomaku komešalo pri samoj pomisli da je ponovo vidi.

Bilo je prkosa i sitnih osveta koje su se okončale s krajem leta i odlaskom stranaca, kako su zvali one koji su se iselili na kopno.

Đulija i Salvatore su, šćućureni u hladu fontane na trgu, počeli zajedno da provode vreme odmora posle ručka, koje je na ostrvu svetinja.

– Tvoji drugovi znaju da si ovde?

– Kad bi znali, ne bi više progovorili sa mnom.

– Hrabar si.

Salvatore je osetio da su mu se obrazi zažarili, dok se češkao po glavi u potrazi za nekom suvislom mišlju zbog koje neće izgledati kao običan panj.

– Jedan rođak mog oca je skočio na glavu sa školja. On je bio hrabar.

– Visoko je kao zgrade.

– Kunem ti se da je istina – odvratio je s kažiprstima ukrštenim preko usana.

– Jedan moj drug ubija meduze golim rukama. – Đulija je sastavila pesnice podražavajući davljenje.

– Nisu one kokoši. Nemaju šiju.

Đulija se nagnula ka njemu da negoduje, ponovivši gest s kažiprstima ukrštenim preko usana.

Izbliza su njena usta bila smešna Salvatoreu.

– Šta je smešno?

Kad bi njihovi drugovi izašli iz kuća i pridružili im se, morali su da se razdvoje, da stvore barijeru koja im nije pristajala. Krišom su se gledali, sa suprotnih strana trga, na plaži, među talasima. Smišljali teme za razgovor, anegdote, na primedbe odgovarali zakletvama. Učili su malo-pomalo da veruju pogledima onog drugog. Učili su da prepoznaju nijanse, da cene iskrenost.

Jedne nedelje su njihove porodice bile pozvane na svadbu nekog momka sa ostrva i ćerke bivšeg zamenika gradonačelnika, koji se preselio u Rim da bi postao poslanik. Zamenik gradonačelnika se, rekao je Salvatoreov otac, uzneo, umislio je da novcem može kupiti i poštovanje onih kojima nije bio po volji. Na ostrvu, uvek je govorio Salvatoreov otac, novac služi samo da odeš, ko hoće da ostane ne može se kupiti, zamenik gradonačelnika je to zaboravio.

Niko nije mario za razmetljivi obred koji je nagrdio skromnu mesnu crkvu zatrpavši je japanskim cvećem i pozlaćenim ukrasima, niko nije slušao parohovu banalnu propoved o ljubavi i preciznim ulogama muškarca i žene. Prisutne su zanimali mladenci, odrazi istine koje su svečana odeća i obred jedva skrivali.

Uveče, posle večere, uz pesmu i muziku jednog melodičnog trija, Đulija je prišla Salvatoreovom stolu, uhvatila ga za ruku pa ga povela daleko od svetla, ne zastajući. Nosila je beli paketić obmotan ukrasnom trakom.

– Imamo još malo vremena – prošaputala mu je kad su tonovi sintisajzera počeli da zamiru, a zrika zrikavaca postajala sve glasnije.

– Za šta? – upitao ju je, sa oznojenom rukom u njenoj, ne mogavši da se ne iznenadi.

– Za sebe – jednostavno je odvratila, načas se okrenuvši da ga pogleda.

Salvatore je, i ne znajući zašto, pomislio na neki rebus iz *Nedeljne enigmatike*, u mislima je stvorio sliku njih dvoje sa slovima unaokolo i dugačkim nizom brojeva. Ponavljao je sebi da će sve biti jasno bude li uspeo da ga reši: biće na visini zadatka. Nevolja je u tome što je, osim za fudbal, bio duduk i za rebuse i dok bi njegova majka rešila deset, on bi završio jedan.

Đulija ga je odvela do bicikala, okretali su pedale osvetljavajući metar ispred sebe ulice kojima su i vezanih očiju mogli da prođu.

Salvatore je znao kuda su pošli, i svidela mu se ta zamisao. Zviždukao je neku melodiju prateći trag Đulije u belom, laganom haljetku koji ju je pretvarao u neuhvatljivu priliku.

Na Rtu Kaladrita mesec se skrivao u mraku, zvezde su bile iznad njih i okruživale ih.

Đulija je petljala sa onim paketićem, pa izvadila nešto iz njega.

– Dođi – rekla je, pritisnuvši ruke na grudi.

Salvatore se uključio, izvršavao je naređenja, pokušavao da ostane usredsređen kako bi kasnije mogao precizno da se priseti razgovora i gestova.

Šćućurili su se uz školje, naslonivši se na dve stene koje su ih štitile od svežeg i upornog povetarca.

– Znaš li šta je ovo? – upitala je Đulija pa pokazala na predmet koji je držala između prekrštenih nogu.

– Nemam pojma – odgovorio je on, dahćući u polumraku.

– Zovu je svetiljka sudbine. Kažu da je onima koji ih zajedno upale suđeno da im se životi zauvek ukrste.

Omakao mu se tihi smeh, na šta je ona uzvratila mrštenjem.

– To je ozbiljna stvar.

– Gde si je našla?

– U poklonima koje su mladenci namenili svatovima. Napravljena je upravo za one koji još nisu sreli svoju sudbinu.

– Ti bi volela da sretneš našu? – upitao ju je ispunjen nadom, ali piskavim tonom dečaka u neverici.

– Ako ti hoćeš – stidljivo je odvratila. Salvatore je iznenada ustao, bio je to jedini način da obuzda uzbuđenje.

– Moramo to stojeći – naglasio je, ne bi li pružio sebi priliku da ublaži nemir i protrese noge.

– Dobro. Uzmi ovo.

Pružila mu je upaljač pa pripremila fitilj papirne svetiljke.

– Spreman?

– Da.

Morali su da pokušaju nekoliko puta, rukama da zaklone plamen kako se ne bi ugasio, ali na kraju su uspeli, svetiljka je gorela.

Ostala je između njih nekoliko beskrajnih sekundi, pomerila se u stranu, a onda se, nošena vazdušnom strujom podigla iznad njih i brzo odjedrila. Postala je još jedna zvezda, još jedna blistava tačkica koja je letela iznad mora i značila nešto neizmerno.

Posmatrali su je opčinjeni, pokazivali prstima kad bi je izgubili iz vida, a malo pre nego što je nestala, pre nego što ju je nebo progutalo, Đulija je rekla: – Ako se ne poljubimo, neće vredeti.

Salvatore je klimnuo glavom i progutao uprazno.

Stajao je naspram nje pa rekao: – Dobro.

Nisu smeli da oklevaju, a ujedno nisu mogli ni da žure. Bili su udubljeni u iščekivanje poljupca, mnogo pre no što su im se usne okrznule. Bio je to nežan, prvi i savršen poljubac.

Salvatore je osećao žmarce i kako oboje podrhtavaju.

Noć ih je vratila kući opijene nečim što nijedna supstanca ne može da zameni. Srećne od poljupca, od života, od svojih slobodnih ruku, od te izazvane sudbine koju su s bezazlenom razmetljivošću smatrali osvojenom.

Ostalo je još nekoliko dana do Đulijinog odlaska, i sad su trenuci s njom bili jedini u danu koje je iščekivao. Rađalo se s jednostavnim rečima, s pričama o vetrovitim zimama i zimama u jednom milanskom stanu, jedno osećanje koje će ih čvrsto vezati, prisiljavajući ih da čekaju daleki povratak i prvo od mnogih, od bezbrojnih pisama u ružičastoj koverti.

Proleće je prvi cvet koji iznikne na visoravni, njegova žuta boja koja se od jutra do večeri prostire kao tepih po kojem se trči raširenih ruku uz vetar, proleće su papirni avioni, napeti mišići i razbarušena kosa.

Salvatore, četiri sloga i devet slova. Ne koristi hipokoristike, ni Toto ni Salvo, ne sviđaju mu se, s njima se oseća kao kljast. Njegovi drugovi ih koriste kao oružje u svađi, pretvaraju se u komarce, sikću Too-to, razmenjuju slogove i bacaju ih na tlo. Ne svađaju se često, ne razgovaraju mnogo, usredsređuju se na igre, na nadmetanje, na pobede i na umeće prihvatanja poraza.

Navikli su da budu u grupi, prepušteni na milost i nemilost neopozivim odlukama i porodičnim odlascima, s koferima i naduvenim očima, nameštajem utovarenim u kontejner, očevima i majkama ispunjenim nadom. Pozdravljaju se neodlučni, svesni da odrasli odatle žele da odu.

A oni upijaju, uče geografiju, gledajući u mape zavide onima koji naseljavaju raznobojne prostore, hiljadu puta veće od malog trougla koji predstavlja njihovo ostrvo. Neko govori o boljim školama, o mentalnim širinama, o ljudima i brojevima, o nestajanju, o udobnosti onih koji se profine. Neko se digne, pokaže neku tačku, bilo koju, zvonik, mrko stenje, more ispod njega i kaže kako izvan toga ništa ne postoji, kako nebo nije plavo, kako su pluća nekog rođaka istrulila u rudniku, kako uveče pljuje krv u tanjir a zubi mu cvokoću od jeze. Nakuplja se strah u njima, iako su granice jasno povučene i s visoravni mogu da ih vide, nacrtaju i pretvore u temelje. Ostrvo se čini malenim iako je beskrajno.

Idu u luku, a bleda lica naspram njih u metežu ne ohrabruju ih već ih preplavljuju. Mirisi, naglasci, različiti jezici, frizure, boje očiju i kose obavijaju ih u usputni zagrljaj koji ih ostavlja ispražnjene, s rukama u džepovima i stopalima koja šutiraju kamenčiće u vodi.

Ali zbog drugog nečeg su oni tu: zbog devojaka svetle kože, svetle kose i plavih očiju. Gurkaju se, pogledi su im brži od kombija u koje se turisti ukrcavaju ne bi li ih oni odvezli u hotele. Radari su koji registruju mete i arhiviraju informacije. U iščekivanju sledećeg broda razgovaraju o tim devojkama, broje ko ih je više video, prave tabelu na osnovu pouzdanosti uočenog, na osnovu izjava svedoka koji potvrđuju uopštene opise majica, japanki, dužine kose.

Najviše njih vide prilikom uplovljavanja i isplovljavanja. Kad su uplašeni smeju se, ćuškaju se laktovima kako bi hrabrili jedni druge i ličili na odrasle muškarce kojima ne treba ništa, iako odrasli muškarci sa ostrva ne izgledaju ništa manje privučeni tim devojkama, dok trljaju bradu pazeći da ih žene ne vide.

Neke, ponekad, sretnu na ulicama ostrva kako proleću na motociklima i nikad se ne zaustave. Ne znaju gde one spavaju, kako provode vreme, šta rade kad ne idu na plažu. Rado bi ih zaustavili, pitali, ali plaše se da ne govore njihov jezik.

Proživljavaju svoje godine, odvajaju suštinu, između naivnosti i zavaravanja, između gubitka i krhkosti.

Salvatore oseća da je neiskren, da se ne odražava sasvim u pogledima drugova. U jednom džepu pantalona nosi najnovije Đulijino pismo, plaši se da će mastilo izbledeti ili da će zaboraviti datum njegovog dolaska. Određen dan, pored njega mesec, bez godine, jer godina ne može biti ta. Godina u kojoj će se sve promeniti.

Drugovi su mu već na plaži, mirne savesti, hrabro se suočavaju s talasima i izronjavaju, ne shvatajući da je more sve burnije, da dno dodiruju vrhovima prstiju.

Salvatore je u međuvremenu čeka, dodiruje ružičastu kovertu, zakorači u stranu pa iskosa gleda devojke koje mu dolaze u susret. Nijedna od njih nije ona, i zasad ga ništa drugo ne zanima.

Pristanište, podne, jedan julski dan. Sunce topi asfalt, stapa ga s gumenim đonom japanki. Salvatore je jednu ruku prislonio čelu i gleda obzorje. Đulija mu je telefonirala, rekla mu je kad stiže brod kako ne bi zadržavao dah sa svakim koji se priveže.

Na niskom zidu sedi Tobija, stari prodavac voća koji dane provodi u luci otkako mu je žena umrla u jednoj bolnici na kopnu. Kaže kako će ona uskoro ozdraviti, ukrcaće se na trajekt i vratiće mu se. Kad je pijan, siguran je da mu je žena na dnu mora i bdi nad njom da se ne bi osećala usamljeno. Salvatore se nada da će se, na ovaj ili onaj način, njih dvoje naći. I on bi, kad bi izgubio Đuliju, čekao i ne bi se predavao.

Brod se, u daljini, polako povećava, s dimnjakom koji izbacuje crni dim i sa čeličnom kobilicom koja deli more nadvoje.

Iskrcavanju kao da nema kraja, mnoštvo koje se izliva kroz spuštena zadnja vrata neobuzdano je. Salvatore ne mrda, pogled mu je budan, ruke prekrštene, noge napete, spremne na skok. Reka ljudi raspršuje se, posada se sprema za ukrcavanje novih putnika.

Načas pomisli da je pogrešio, razočaranje je slično Tobijinom kad se zaputi u kafe. I zato je još lepše biti obujmljen nečijim rukama, mirisom upravo ispečenog hleba, nežnim šuškanjem kose na licu.

I nekolikim rečima zbog kojih uzvraća zagrljaj: – Ja sam, stigla sam.

Đulija je drugačija, ima izvajano telo šesnaestogodišnjakinje. Svakog leta se ponovo rađa sa sve naglašenijim oblinama, koje on kasnije vešto zamišlja u snovima.

– Ti si – kaže joj, gledajući je u lice, i dalje nesiguran u izvesnost tog trenutka.

Ona zna da je to kompliment, da je to „ti" konačno osvajanje, da ukazuje na isključivo pravo.

Idealizuju, lete nesvesni visina, praćeni pogledima setnih odraslih koji navijaju za njih.

Đulijini roditelji se pozdravljaju s njim, uđu u auto pretovaren koferima, pa idu da otvore kapke na kući, da provetre. Na sebi nose sloj gradske modernosti sačinjene od dizajnerske odeće od belog lana i satova koji izgledaju teški, koji se moraju odložiti da bi se ti ljudi prilagodili sporim ritmovima.

Đulija ga uhvati za ruku.

– Idemo na Kaladritu.

– Sad? – pita je misleći na ručak, na kofere koje ona mora da raspakuje, ne može da se oslobodi traga u asfaltu u koji je potonuo japankama.

– Da, odmah, smesta – kaže mu, a njeni beli zubi zasenjuju njegov otpor i vraćaju ga tačno u onaj trenutak prethodnog rastanka, brišući mesece iščekivanja, pretvarajući ih u mirne dane, svesno zaboravljene.

Poznaju se, treba im nekoliko sekundi da se naviknu na svoje senke koje počinju da ih prate, dok govore i ponavljaju, od reči do reči, ono što su jedno drugom pisali. Nisu telefonirali jedno drugom, nisu slali poruke na mobilni ili imejl, samo su mnogo pisali, okrugla „a", njena izdužena „f", oštra „z" i njegova nakrivljena „t". Njihova abeceda izvor je i rudnik svakojakih veza.

Kad joj je predložio da razgovaraju telefonom, odgovorila mu je belim listom papira sa svega nekoliko rečenica citiranih iz knjige koju je čitala.

Ti i ja smo u slovima. Nećemo imati nikakvih izgleda u stvarnom svetu, ja ovde, a ti tu. Budemo li se čuli, izgubićemo smisao svoje udaljenosti.

Sad kad je vozi na šipki bicikla, a njena kosa ga golica po nosu, s točkovima koji škripe po pošljunčanoj stazi, Salvatore shvata vrednost njenog izbora koji nesrazmerno pojačava ono „ti" i ispunjava prostranstvo visoravni.

Dvoje su ludaka koji se pod podnevnim suncem smeju galebu što se bori sa strujom, dvoje ludaka koji ciče od radosti dok se ovlaš dodiruju, dok upotpunjuju sliku koja kao da je sazdana od svetlosti.

Put ih vodi na kraj sveta, zapustela zemlja u jednom trenutku se jednostavno završava, postaje vazduh i strma litica iznad mrkog i dubokog mora. Ostave bicikl i kao svaki par sa ostrva koji tu dolazi da potvrdi ili obnovi svoju vezu, udišu obzorje i gledaju u daljinu. Sumaglica je zamutila obrise, oduzima im osećaj da su u fokusu, da upravljaju svojim pokretima.

Đulija se saplete o poveći kamen.

– Ajoj! – uzvikne, sagnuvši se da protrlja prste na nozi. – Navikla sam na ravne pločnike, na ovom kamenju gubim ravnotežu. – Naglasak joj je bezizrazan, upliće se u suglasnike.

Veliko prostranstvo im oduzima zaklon napisanih i već izgovorenih reči. Tu nema uloga ni maski da ih zaštite.

– Sad si prava građanka – kaže Salvatore, iznenađen naglašenom netrpeljivošću izgovorenog.

– Šta hoćeš da kažeš? – Prilazi mu, a on se povlači sigurnim, razmetljivim koracima približavajući se ivici.

Popne se na pljosnatu stenu koja se nadvija nad prazninom.

Đulija se prepadne.

– Šta to radiš?

– Dođi.

– Plašim se.

– Pokaži mi da se nisi promenila, da si jedna od nas.

– Ne moram ja tebi ništa da pokazujem – odvrati podbočena, s ratobornim izrazom lica.

Ali previše je blizu te je Salvatore zgrabi.

– Gledaj. – Pokaže joj more koje se peni pedeset metara niže.

– Ne mogu.

– Ne želiš da povratiš ravnotažu?

Đulija podigne glavu, ruke je pritisla uz majicu, netremice ga gleda pravo u oči.

To bi mogao da bude izazov ili izraz poverenja. U njenom pogledu je odlučnost koju poznaje, koja ga prestravljuje, koju obožava.

Oslobađa se stiska, odvaja se od njega, zakorači jednom pa drugom nogom. Đon jedne patike joj zakači spoljnu ivicu stene, stanjenu od vetra. Kolena joj zaklecaju trenutak pre no što će se zagledati duž školja, u beskraj.

Možda više nikad neće toliko zavisiti jedno od drugog, ujedinjeni slučajno, nizom mogućnosti, rizikom da sve izgube.

– Hrabra si – prošapuće joj, ruke su joj na njenim kukovima, ublažavaju strah.

Đulija ne može da odvoji pogled, opčinjena opojnom opasnošću.

Salvatore bi voleo da zna o čemu ona razmišlja, da spozna suprotnosti koje je pokreću, da bude u stanju da je razume.

Potom ivica stene popusti pod njihovom težinom i odlomi se. On hitro odskoči unazad držeći Đuliju za nadlakticu, no ona se s bolnim čuđenjem otrgne. Strah se hrani preciznim detaljima, bukom odrona, Đulijinom nogom koja više nema oslonca, dok je druga savijena i nestabilna, beskrajno dugim odsustvom njene reakcije.

Povuče je silovito, pobedivši njen otpor pa je odvuče nekoliko metara koji kao da još nisu dovoljni, sve dok se ona ne otme.

– Pusti me! – dovikne, žmureći, udarajući ga pesnicama.

Padnu, ali ne kao što su očekivali, tresnu zadnjicom što ih toliko zaboli da na trenutak ostanu bez reči.

Đulija ustane, otrese prašinu, pokreti su joj, zadihanoj, odsečni. Zaputi se niza stazu, pravih leđa, liči na ranjenu tigricu.

Salvatore je doziva, ona se ne okreće, ne zaustavlja se.

Sedne na bicikl i prati je. Pretekne je, prepreči joj put.

– Izvini.

– Pusti me. Mogli smo da poginemo.

Razlike se zaoštravaju u gubljenju kontrole. Njen ton je krut, zagađen nervoznim naglaskom.

– Zar zajednička smrt nije jedna od onih romantičnih stvari koje ti se toliko sviđaju? – kaže joj on, izvivši se preko guvernala, usnama joj dodirujući kosu.

Đulija prekrsti ruke, gleda u stranu, u travuljinu sprženu na suncu.

– Šta hoćeš od mene?

– Osmeh.

Iskrivi lice u grimasu koja liči na ono što je od nje traženo, koja se kao ivica provalije lomi i preobražava u jecaje, u plač koji ga optužuje i zatiče nespremnog.

Salvatore pusti bicikl pa je obujmi svojim telom, stegne je ćutke je preklinjući da prestane.

Traži njeno lice skriveno iza kose zalepljene za kožu, uveren da krivica za plač leži u strahu.

– Ne mogu. Ne mogu više.

Reči koje spopadaju sećanje, izbrisane dane, reči iz pisama koje pogađaju u metu u jednom zaboravljenom kutku u kojem borave ista osećanja, isti bol.

– Možda smo previše mladi za sve ovo – kaže Đulija šireći ruke, kao da misli na njih, na ostrvo, na vasionu.

Jedan trn mu se odnekud zarije među rebra, natera ga da poskoči, pobuni se, podigne, pokuša da sastavi nit koja ih vezuje i koju ni za šta na svetu ne bi ispustio iz ruke.

– Nije istina – kaže, vukući je, privlačeći svu njenu pažnju. – Pogledaj nas – nastavlja, podražavajući njene raširene ruke ne bi li razumeo sve ono što je ona razumela, ne bi li joj uzvratio drugačijim pogledom za koji se nada da je bolji.

Nema drugog oružja do da pokrene u njoj ono što je pomisao da će je izgubiti pokrenula u njemu.

I sa savršenom usklađenošću namera koje se poklapaju, osmesi se vraćaju, ponovo su u luci, sekund pošto su se još jednom pronašli. Počinju odatle, s prvim ranama da ih zacele, sklone u stranu kako bi mogli da produže, koliko koraka, niko ne može znati.

Provode zajedno vreme kojeg kao da nikad nije dovoljno. Ručaju u Salvatoreovoj kući, uživaju u jelima koja je spremila njegova majka, a koja Đulija opisuje kao „pirotehničke spektakle", jela sa svežom testeninom i ribom koju je njen otac upravo ulovio.

Kad su bili deca, nekoliko godina ranije, jedne subote ujutru pošli su s njom na pijacu. Đulija je došla na letovanje s tetkom po majci, koja je dane provodila u kući sa upaljenim klima-uređajem.

Salvatoreova majka ih je držala za ruke dok je bradom pokazivala prodavcima koje voće ili povrće želi da kupi. Đulija je čekala da stignu pred tezgu oštrača noževa Ernestina, koji je dolazio s kopna i uvek imao bombonu za nju. Salvatore je iskoristio priliku da umakne majčinoj kontroli, pa se iskrao do kioska da od džeparca kupi kesicu sličica i novi strip.

Nebo nije obećavalo ništa dobro, pala je i poneka kap kiše, preznojavali su se od vlage, a starci su gledali u more razmenjujući šture iskidane reči. Široko se pretvarao u maestral, a oni su znali da će se nešto dogoditi.

Kad je more počelo da se povlači, ljudi su ušli u kuće, pijaca se ispraznila.

– Gde si bio? – upitala je majka Salvatorea, koji je u džepu krio sličice a iza leđa strip. – Sve si potrošio? Priznaj. – Volela je da ga zavitlava, da ga zove rasipnikom i da beži dok je on u šali juri oko kuhinjskog stola.

– Kupio sam samo strip – rekao je Salvatore, ne shvatajući da tanak pamuk kratkih pantalona ne ostavlja sumnje u pogledu sadržaja džepova. Đulija i Salvatoreova majka nisu mogle da zadrže smeh pred njegovim namrštenim licem, pa su stale da ga podražavaju.

– Idemo kući? – upitao je on, krenuvši.

– Čekaj, dođite sa mnom. – Salvatoreova majka ih je ponovo uhvatila za ruke i povela uz neke stepenice, sve do terase koja je gledala na uvalu Palme, odakle su bezbedno mogli da posmatraju krajolik.

Čamci su se, izgubivši podršku vode, nakrivili u pesku kao ostaci brodoloma.

– Stiže – rekao je Salvatore tonom stručnjaka, ne bi li iznenadio Đuliju koja je posmatrala prizor skupivši ramena pred vetrom.

– Marobio[1] – dodao je, podlakticama se oslonivši na ogradu, njušeći vazduh u potrazi za mirisom oluje.

– Šta je to? – Đulija je pitala Salvatoreovu majku, a njemu je bilo krivo.

– To je more koje se brzo povlači i vraća. Niko ne zna zašto se to događa.

Ribari su se brzo kretali ne bi li zaštitili čamce, među njima je bio i Salvatoreov otac.

Salvatore i Đulija su mu mahali, a njegova žena je poslala poljubac u vetar.

Oblaci su pocrneli, lišće palmi se savijalo i kidalo. Za nekoliko minuta more se vratilo, preplavilo je plažu, stiglo do ulice i okrznulo zidove kuća. Jedan čamac se izvrnuo i potonuo.

---

[1] It.: *meteocunami.* (Prim. prev.)

Salvatoreov otac se popeo na terasu, razbarušivši deci kosu, pa se i on naslonio na ogradu.

Gledao je nekud u daljinu kad je rekao: – Deda mi je pričao da su talasi šaputanje mora i da je marobio njegov krik.

Njegova žena je zaškiljila ne bi li zaštitila oči od peska, Đulija i Salvatore su slušali krik mora pokušavajući da dokuče je li bolan i veseo.

Popodne su proveli uz more, na najnepristupačnijim plažama skrivenim iza oštrih litica, gde turisti ne dolaze, među strmim stazama i školjem koje treba prepešačiti. U tu pustolovinu su se upustili ne s drugovima, ne više s momcima i devojkama, već sa improvizovanim parovima i pokušajima podražavanja. Uzimali su ih za primer, zavideli im na odlučnosti njihovih ruku da se ne razdvoje i iz istog razloga ih zavitlavali. Oni su crveneli i plivali sami ne bi li dokazali da su jaki.

Biciklima su zaobišli aerodrom, pa se opružili licem ka smeru sletanja. Uzbuđuje ih iščekivanje ogromnih čeličnih ptica koje nose stotine ljudi. Nadmeću se ko će prvi primetiti tačkicu koja se približava s nekog neodređenog parčeta neba. Pokazuju je, dok se ona uvećava i postaje prepoznatljiva. Zahvaljujući jednom poznaniku koji radi u kontrolnom tornju, dobili su raspored odlazaka i dolazaka. Čitaju imena gradova o kojima ništa ne znaju, zamišljaju mostove i prolaze, nebodere iz filmova. Pozdravljaju, mašući, ne dobijajući odgovor. Uvereni su da ih na svakom letu neko primeti i pokaže ih ostalim putnicima i da njihov odmor počinje upravo tim pozdravom. Ponekad pokušaju da žmure prepuštajući se brujanju motora koje u mraku sve potiskuje i nadjačava: u trenu te odvuče.

Jedno veče pokušavaju da provedu razdvojeni: hodaju varoškim ulicama, idu na piće u različite lokale. Ali osećaju se nepotpuno te čekaju jedno drugo ispred kuće.

– Kako je bilo? – pita Salvatore.

– Išle smo na tezge. – Đulija sleže ramenima, ljulja se napred-nazad.

– Ja sam izveo jedan ogled. – Drži se za drvenu ogradu u vrtu, pokušava da stoji ali ne uspeva.

– Pijan si – kaže ona, ubovši ga prstom u slabinu.

– I došao sam do jednog zaključka.

– Kojeg?

– U ogledu. Slušaš me?

– Gledala sam te. – Đulija mu miluje lice a on uzdrhti, jer je to jedan od gestova koji mu najviše nedostaje kad nje nema.

Duboko udahne.

– Dakle, jednostavno je: pokušao sam da pijem i pijem, kao u filmovima, gde glavni junak ispija čašicu za čašicom ne bi li zaboravio.

– I jesi li uspeo? – pita Đulija, još više se približivši.

– Nisam, štaviše, to mi je pomoglo da se usredsredim na samo jednu misao.

– Koju? – promrmlja Đulija.

– Znaš.

– Možda je ista kao moja.

– Onda kaži ti meni.

– Ne, ti kaži.

– Ti.

Jedna zamenica, jedna misao, jedno značenje koje je lepo ponavljati i ponavljati.

Sutradan su se zaputili drumom koji vodi na plažu Zečjeg ostrva, okretali su pedale jedno iza drugog, između parkiranih automobila, preticali su ih na motociklima oni malo stariji od njih. Vozili su brzo, iako nisu žurili, mladi su i broje dane, a ne godine.

Salvatore je presekao put skrenuvši desno u traku tla koja se jednim delom pruža uz školje, a malo napred zalazi među grmlje i indijske smokve. Točkovi bicikla podižu trag prašine koja ostaje u vazduhu iza njih, uzvici kupača su daleki, a onda ih više nema.

Vrelina postaje nepodnošljiva, ispunjena ustajalom vlagom šibanom kratkim i svežim naletima vetra s mora.

Đulija se žali, zaustavi se i skine majicu.

– Nadam se da je vredno truda.

Salvatore je čeka, osmehuje se tajnovito i dlanom briše znoj sa čela.

Stižu na proširenje na kraju staze. Među ugljenisanim ostacima neke logorske vatre ostali su čelični kostur stolice, spljoštene limenke i kesa sa smećem.

– Probisveti – sikće Salvatore. – Pre neki dan nije bilo ovog užasa.

– S kim si bio? – Đulija se oslobađa bicikla i istresa pesak iz baletanki.

– S majkom. Nabrala je malo tršlje.

– A zašto smo mi sad došli ovamo?

– Ne budi nestrpljiva. Moramo da hodamo i da budemo vrlo tihi.

Salvatore sigurno stupa, pokazuje Đuliji trnovit stričak, sklanja granje jednog grma kad se prolaz suzi i šapuće joj kuda da ide.

Zemlja je gola, dugačke pukotine razdvajaju je u grudve, liči na kožu nekog starca razapetu usred mora. Stenje šibano vetrom nije daleko, čuje se siktanje koje im pravi društvo.

U blizini dva velika kamena okružena puzećim rastinjem i isprepletenim grmljem, Salvatore se zaustavlja, pokazuje Đuliji da bude tiha pa prostre peškir na zemlju.

Sednu i čekaju.

Đulija mu veruje i ne postavlja pitanja, gleda kud i on, nečujno diše i ne mrda iako joj listovi već trnu od sedenja s prekrštenim nogama.

Potom se nešto dogodi, neki šušanj, stidljiv cvrkut, skakutanje s grane na granu, sa zemlje u nebo. Iznenadno izvijanje melodije, zov praćen odgovorima i prelaženjem s tona na ton različitih visina. Porodica češljugara i njihovi privatni razgovori, koncert za Đuliju i Salvatorea koji slušaju i voleli bi da ustanu, da raširé ruke i uzlete, istim zvukom da odgovore na ptičji pev.

– Kažu da su češljugari simbol strasti – primeti Salvatore.

– Prelepi su.

– Nekad je ostrvo bilo obraslo drvećem, onda je neki bezumnik kojeg su poslali Burbonci odlučio da sve raskrči. Nije ostavio nijedno drvo, mnoge vrste su istrebljene, ali češljugari su odoleli, prilagodili su se.

– Hvala ti što si me doveo ovamo. – Đulija ga je poljubila u obraz.

– I mi se možemo prilagoditi i odoleti. – Salvatore je gleda, osmehuje joj se.

– Odolećemo vremenu?

– Da, mi smo kao ove biljke. Korenje nam je isprepleteno.

Sunce se spušta na zapadu, a vreme koje ih ne razdvaja prebrzo prolazi da bi bilo zaustavljeno.

Šta bi bio život bez onog osećanja koje te drži u uverenju da si srećan? Osećanje koje mnogi ne poznaju, koje su zakopali iz hiljadu razloga i koje s nelagodom zanemaruju. Hemija, temperatura i čula. Osnovni sastojci: jedan momak i jedna devojka. Prva ljubav, udaljenost, leto. Brdo krševitih sećanja, zamena za iluziju.

Oni su Đulija i Salvatore, vrhunac nečeg što ne mogu da shvate niti da dohvate rukama. Rođenog u ritmu disanja, između izgaženog kamenja, u nožicama neke bube koja im je hodala po koži obojenoj suncem.

Ukrcaju se u čamac Salvatoreovog oca, rano je, jedno drugo zaražavaju zevanjem. Otac napušta privezište i otiskuje se ka pučini. Talasi su mnoge kolevke u koje ulaze i izlaze iz njih, deo čuda koje ne prestaju da opažaju.

Plove ka mestu gde je školje više, nagrizeno vodom i vetrom. U Vulkanskoj špilji, nazvanoj po visokom svodu nalik krateru, otac baca sidro a oni uskaču u vodu s maskama i disaljkama. Prolaze pored tankog sloja stena kako bi ušli u špilju. Sunčeva svetlost propuštena kroz vodu stvara male duge koje se pojavljuju i nestaju u raspršenim česticama vode, kristali soli pokrivaju zidove. Kažu da će jednog dana krečnjački materijal popustiti i otkriti špilju preobražavajući je u jednostavno udubljenje u školju.

Mala plaža dočekuje ublažene pokrete talasa.

Salvatoreov otac je ćutljiv čovek, navikao na jednostavne stvari. Uveren je da više ništa ne može da ga iznenadi. Ipak, posmatra dvoje mladih i kao da bi da snimi jednu fotografiju ne bi li pronašao svoju prošlost neizmenjenu.

– Ovamo sam dolazio s tvojom majkom – kaže, podižući masku na čelo. – Podsećate me na nas dvoje – doda dubokim glasom koji odjekuje u špilji i tera ih da pocrvene.

Salvatoreovi roditelji se vole, drže se za ruke kad izađu da se prošetaju. Bore, seda kosa, čak i dosada koja ih često prati, ne sprečava Salvatorea da na njihovu mladost gleda kao na nešto što dopunjuje njegovu. Na krug čijim se tragovima vraća, duboku brazdu, trajnu priču koju treba preneti dalje.

– Sad je ovo vaša špilja. Krhka ravnoteža koju valja sačuvati. Čekam vas u čamcu. – Salvatoreov otac ih gleda i smeška se pre no što nestane u vodi.

Njegove reči ostaju zarobljene, njih dvoje nose njihov teret, prihvataju ga plutajući s licem u vodi, očima koje ih peckaju od soli. Vrtoglava visina plavog neba svedena na obli otvor kratera čini ih sitnim i bespomoćnim. Nijedan život se ne može svesti na šemu, ipak strahuju da bi vreme moglo da se otme njihovoj kontroli, da će se probuditi ostareli, u toj još nedirnutoj pećini, i da neće imati šta jedno drugom da kažu.

Vrhovi prstiju poigravaju se na površini, dodiruju se, klize uz mišice, sve do ušiju i nosa.

Vraćaju se u čamac Salvatoreovom ocu, koji čita neku knjigu i ima tvrdu kožu čoveka koji se suprotstavio vetru i suncu. Dok ih barka vraća na obalu, Đulija pokazuje na knjigu i kaže da ju je pročitala. On kaže kako mu je to omiljena knjiga, da je četvrti put čita i pita je da li joj se svidela. Ona uverljivo klimne glavom.

Salvatore odjednom poželi da bude kao njegov otac, da spozna ono što je on spoznao, da preskoči sredinu i dođe do kraja, kakav god da je. I da izbaci iz misli taj osećaj da će se pre ili kasnije sve ovo završiti.

Onda su, jednog jutra, Đulija i Salvatore otkrili svet koji postoji s druge strane. Grubo buđenje koje ih proteruje iz rane mladosti da bi se obreli u zrelosti koju samo bol i spoznaja mogu doneti. Fizička granica koja odvaja sve iste misli okrenute njima samima, opažanju da postoje i da trenutak kasnije više ne postoje. Nije lako prepoznati rađanje iz jedne pukotine, koja se polako širi nekim zidom i malo-pomalo ga razdvaja.

Plaža na Rtu Tonara je osamljena, nepristupačna. More je uzburkano podvodnim strujama koje se bore za prevlast i predstavljaju opasnost za kupače. Zemljana staza oivičena kupinovim žbunjem i stričkom, prosečena između školja, jedini je prolaz kojim se može pristupiti s kopna. Nije obeležena, skrivena je velikim stenama koje kao da su pale s neba milion godina ranije. Krečnjak i afrička priroda, otpornost i krhkost. Mesečev krajolik neprekidno šiban vetrom, negostoljubiv, nepoznat turistima. Na nebu sivi oblaci mestimično propuštaju sunčeve zrake koji obasjavaju drvenu tablu sa istaknutom zabranom plivanja.

Đulija i Salvatore su sami, uranjaju stopalima u pesak izmešan sa šljunkom. Jure se s vetrom koji im duva u lice, golicaju se, padaju jedno preko drugog, lagani.

Đulijine grudi ubrzano se dižu i spuštaju naspram Salvatoreovih. Kosa im šiba lice, zavlači im se u usta. Lagana tkanina njene suknje podiže se vragolasto naspram njegovih nogu.

– Možda... – kaže Salvatore sa izmenjenim pogledom.

– Šta?

– Ne znam.

– Kaži mi – navaljuje Đulija, koja je shvatila i želi isto to, jednako snažno.

Salvatore traži reči koje ne postoje, gubeći se u Đulijinom čežnjivom pogledu.

Kad je zaustio da kaže nešto, bilo šta što bi razvejalo čaroliju i odvelo ih negde drugde, ona ga je ućutkala poljupcem.

Nastavljaju prisnim stazama koje su čuvali u tajnosti, u odjeku talasa koji se razbijaju o žalo.

Osećaju poriv koji ih je uzdrmao, gužvaju majice, jagodicama prstiju otkrivaju svoju želju. Pisali su o tome, hiljadu puta se pitali sa ohrabrujućom razmetljivošću, nesvesni da će ih trenutak iznenaditi zatečene a ipak spremne.

Skidaju se, uzdasima i rukama na potiljcima proživljavaju priželjkivana osećanja. U nagosti, delovima koji nedostaju dopunjuju krajolik svojih tela. Mladež skriven ispod kostima, oblina grudi, grubost malja. I različitost njihove želje, osvajanja i prepuštanja. Početnici pred bitku, opremljeni svim sredstvima koja im omogućavaju da nastave sigurni, improvizatori drevne ali ne i manje iznenađujuće muzike. Deo projekta bez smera koji ih ostavlja bespomoćne dok traže nekakav smisao u sopstvenom beskraju.

U spokoju koji je usledio, zadihani su od spoznaje. Đuliji, koja se šćućurila uz Salvatorea, oči su ispunile skrivene suze. Pita je šta se događa, šta ne valja, nemoćan da prepozna sreću, popuštanje brane koja više nije htela da odoleva.

Prve kapi kiše prenu ih iz sna, mrve šarene zidove koje su brižljivo obojili. Izgubili su pojam o vremenu, ali ne i o polovima koji ih privlače. Oblače se, traže potvrdu u onome oko sebe što je, iako naoko isto, neminovno drugačije.

Ipak, ponor je već otvoren, progutao ih je, očaj ih je opkolio i kao vešt grabljivac ukazuje se iznenada.

Podiže se vetar, prva oluja najavljuje kraj leta uz zaglušujuću grmljavinu što dopire sa mora.

Salvatore primećuje nešto u vodi, uz obalu, nešto crno što se valja napred-nazad kao vreća. Vreća s rukama i nogama koje su talasi razdvojili pa liči na marionetu koja ih pozdravlja. To nije turista, već neko spolja, neko od onih koji dolaze izdaleka i koje na ostrvu nikad nisu videli.

Dečkić kože tamne kao ugljen, u poderanoj odeći.

Deo obale koji deli Salvatorea i Đuliju od žala pretvara se u živi pesak gde svaki korak iziskuje napor i donosi gubitak, gde ne možeš stići ako nisi hrabar.

Približavaju se prestravljeni, pogleda prikovanog za tog dečkića koji očiju više nema, bele su i izvrnute. Đulija oštro vrisne, zadrhti, na licu joj senka koja odnosi detinjstvo i ranu mladost.

Salvatore klekne, uhvati za ramena dečkića koji je ukočen i hladan, lagan kao listovi šperploče koji preko zime štite čamac njegovog oca. Vadi ga iz talasa, otkriva crte lica, usta puna vode i prati nagon, iako zna da nema svrhe, okreće ga na bok pa ga otvorenom šakom lupka po leđima. Šapuće „hajde“, dok mu svaka nada izmiče kroz prste a um se prazni survavajući se u stomak.

Još jedan Đulijin vrisak ga prene, glas joj je prigušen, rukom pokazuje nešto što pluta malo dalje od obale.

– Ima ih još, Salvatore. – Vuče ga, s panikom od koje joj je lice krajnje napeto.

Salvatore ustane, more nije više ono koje poznaje, nije modro i plavo, već je posuto crnim mrljama, muškarcima, ženama, decom. Viče i on, u apsurdnoj nadi da to nisu trupla, već ljudi koji su još u stanju da odgovore, da nekom čarolijom zavladaju svojim plućima i zaplivaju ka obali. Uđe u vodu, ali more ga odgurne, zanese se na nogama od jednog talasa jačeg od ostalih.

Vrati se do Đulije koja ne može da se smiri i preklinje je da odjuri najbrže što može, da ode po pomoć. Ona reaguje neočekivano spremno, ne pitajući, uz samo jedan kratak pogled, previše zgusnut da bi bio primećen i protumačen. Zajednička misao ispuni scenu, preplavi ih, zbliži i učini nedodirljivim.

Niko ih nije pripremio na smrt.

Đulija okreće pedale, noge je bole, vazduh joj suši suze, ostavlja bicikl u uličici pred ulazom u jednu vikendicu i upada na verandu neke porodice koja ruča i smeje se. Đulija ne može da govori, može samo da viče.

Dovikuje im „upomoć", dovikuje im da zovu pomoć, da u moru ima mrtvih ljudi, da moraju prestati da jedu, da se smeju, da nije pošteno. Zatim se sruši i misli da je zaboravila.

Salvatore hoda tamo-amo obalom, voleo bi da je pošao sa Đulijom, da je nije pustio samu. Oseća se beskorisno, kriv što mu je dobro, što ne zna i ne razume.

Sve glasnija buka prisili ga da pogleda uvis. Jedan helikopter proleće nekoliko puta iznad njega, uskomeša pesak.

Obala oživljava, preplavljena meštanima, rečima i tišinom. Neko podigne crnog dečaka i odnese ga. Ostali donose užad, prave ljudski lanac i izvlače tela. Žene plaču dok prekrivaju čaršavima tela drugih žena. Sirene policijskih i ambulantnih vozila zaustavljaju se na ulici, ne mogu da nadjačaju šum vetra, zavijanje mrtvih. Lekari i bolničari odmahuju glavom, samo su novi svedoci. Uniformisani ljudi gaze pesak uglačanim cipelama.

Jedan čovek, prijatelj Salvatoreovog oca, uhvati Salvatorea za nadlakticu i odvede ga.

Na sivom nebu, u kapima kiše, u glasovima i postupcima rađa se i raste jedno predosećanje. Osećaj da su samo na početku nečeg još većeg, nezaustavljivog.

Na kraju je mrtvih bilo sedamdeset šestoro, a tamo gde nema preživelih, na svedocima je da ne zaborave.

Sutradan je obalska straža presrela jedan motorni i jedan ribarski čamac nošene vodom i pretrpane migrantima i pomogla im. Luka je oživela od iznurenih života, ćebadi prebačene preko ramena, plača novorođenčadi i dalekih jezika. Bekstvo od rata i bede, san o slobodi viđenoj na televiziji i prenošen od usta do usta, doveli su ih do ostrva.

Turisti se pakuju ranije nego što su planirali, u pristaništu čekaju trajekte koji će ih vratiti kući. U pogledima koje razmenjuju s migrantima, dûga osećanja ispunjava vodeno prostranstvo koje ih deli. Nenaviknuti na suočavanje, gledaju se, poneko se osmehne, neko izbegne pogled, neko se žali što je prekinuo letovanje, što su deca videla leševe umotane u čaršave i uplašila se. Solidarnost i razlike žive jedne uz druge, hranjene dnevnim novinama koje tragediju donose na prvim stranama pišući o invaziji, odgovornosti, o udaru na turizam, vanrednom stanju.

Bele uniforme brodske kompanije, umirujuće brujanje motora u leru, spremnog da razvije snagu, karte u rukama deo su proverenog sistema sigurnosti. Turisti odlaze pa s palube i dalje gledaju u migrante opružene na suncu, ohrabruju se da ih fotografišu, da daju smisao svom odlasku, da pokazuju prijateljima posle večere, preko televizora, patnju i ono što su imali privilegiju da gledaju.

Đulija, Salvatore i ostali mladi sa ostrva pomažu da se s trajekta istovare gajbe flaširane vode i namirnice. Volonteri sa zaštitnim rukavicama i maskama, staraju se o podeli i pomoći. Pokretni klozeti nanizani su na ulazu u luku. Desetine porodica nude smeštaj, ali naređenje je da migranti ostanu pod kontrolom i u izolaciji do nove odredbe.

Karabinijeri i vojska zauzeli su ulice i plaže, helikopteri nadleću more, patrolni čamci krstare obzorjem. U zoni aerodroma napravljen je prihvatni centar sa šatorima i montažnim objektima od plastike.

Ostrvljani se nesigurni kreću mestom u kojem su rođeni, još nisu svesni razmera promene, očekuju smirenje, nadaju se da će se pre ili kasnije egzodus okončati, da će ostrvo ponovo postati tačkica na mapi, prestati da liči na centar sveta.

Kraj avgusta donosi oblake, kišni dan. Đulijini roditelji odlučuju da otputuju nedelju dana ranije, lica su im umorna, razgovaraju telefonom s putničkom agencijom o mestima, o rezervacijama koje je teško potvrditi.

Đulija i Salvatore posmatraju nemoćni, ruke im traže i ne nalaze ono što je izgubljeno na Rtu Tonara. Salvatoreove blistave oči, oči opčinjene Đulijom, i nestale oči dečkića na žalu. Trude se da budu zauzeti, vreme koje provode zajedno ima ritam brzih koraka, kratkih jutarnjih sastanaka koje organizuju volonteri kako bi se preslišali šta je nužno uraditi i kakva su naređenja dobili.

Jedne večeri, za večerom u Đulijinoj kući, njen otac je podario lik sudbini.

– Sutra odlazimo. Našli smo tri mesta na trajektu u podne. – Briše usta salvetom, izbegava Đulijin pogled, susreće Salvatoreov.

– Ja ostajem – objavi Đulija.

– Molim te, Đulija, ionako se sve zapetljalo – umeša se njena majka nestrpljivo.

– Šta se za vas zapetljalo? Dane provodite telefonirajući, otkako su počela iskrcavanja važno vam je samo da se vratite u Milano. Ne bih rekla da je zapetljano praviti se da se ništa ne događa.

– Ovo ostrvo nije bezbedno. Događaji izmiču kontroli – kaže njen otac sa smirenom ogorčenošću, kao da je ono što je izjavio nepobitna činjenica.

– Ne znam kako ti to možeš da kažeš, budući da ne silaziš do luke, sediš zatvoren ovde.

– Čitam novine.

– Stvarnost ti je ispred nosa, a tebi su draže izmišljotine. Smešan si. – Đulija stegne pesnice, nikad se nije tako suprotstavila ocu.

– Smešan ili ne, moramo se vratiti svom životu. Salvatore, kaži joj da bi i ti otišao da možeš. – Đulijin otac pripali toskansku cigaru, uvlači dim pa ga izbacuje uvis.

Salvatore ispusti mrvicu na salvetu, to nije njegova rasprava, a ipak je uključen u nju.

– Ja nikad ne bih otišao. Naročito sad kad treba pomoći.

– Predomislićeš se. Ovaj mali zatvoreni svet je i meni pripadao kad sam bio dete, onda sam, srećom, otkrio istinu. Najviše što ovde možeš da uradiš jeste da budeš ribar kao tvoj otac.

– Kako se usuđuješ! – uzvikne Đulija, naglo skočivši sa stolice.

Na verandi se duge senke spuštaju na ogrubela lica njenih roditelja.

Đuliji drhte usne dok očekuje nešto što će okončati raspravu. Nešto što ne stiže, što je natera da uđe u dnevnu sobu i popne se uza stepenice.

– Vidi, Salvatore – nastavlja njen otac šireći ruke. – Nisam hteo da te uvredim, shvati to kao savet. Đulija je impulsivna, ali zna šta hoće. Bistra je, upisaće se na fakultet, postaće neko i nešto, preći će svoj put daleko od ovog ostrva.

Odozgo im se pridružuje Đulijin glas: – Moji koreni su ovde.

– Sviđa mi se kad je ovakva. Kad se ponaša buntovno, podseća me na tebe – kaže Đulijin otac pljusnuvši po obrazu ženu koja mu uzvrati osmehom i proverava ekran na telefonu.

Salvatore oseća žmarce u nogama, ujede se za jezik i steže naslone stolice.

– A ti? Šta ti misliš da radiš? – pita ga Đulijin otac samouvereno, kao neko ko vlada događajima.

– Moram da završim gimnaziju. Još ne znam.

– Sigurno gajiš strast prema nečemu, imaš neko interesovanje. Na primer, ja sam oduvek voleo da gradim, i postao sam arhitekta. Moraš biti odlučan, a ne nesposoban kao ovdašnji derani koji se po ceo dan izležavaju.

Sipa sebi čašu vina, ispije ga bez uživanja, u jednom povećem gutljaju.

– Ne sviđa mi se graditeljstvo – odgovori Salvatore, stavivši pribor za jelo na tanjir.

S verande se, u beskrajnoj tami, vidi treperenje svetla na ribarskim čamcima. Pokaže na njih.

– Sviđaju mi se voda, morske dubine, sloboda i jednostavnost mog oca.

Đulijini koraci na stepeništu znak su mu da ustane. Salvatore uhvati Đuliju za pruženu ruku, vratila se spremna da kruniše tu noć značenjem koje samo njih dvoje mogu da spoznaju.

Poslednja rečenica, dobačena roditeljima kao bomba sa stepeništa ka prilazu kući pogađa i Salvatorea koji je prati.

– Sa svojim životom ću da radim šta ja hoću.

Salvatore se odmah zapita da li taj život uključuje i njega, ima li nade. Što se njega tiče, može da bude ribar ili arhitekta, ne zanima ga, preplavljen je Đulijinim životom, spreman da bude posmatrač, da je drži za ruku i pruži joj podršku ako je obuzme nesigurnost.

– Idemo – kaže mu, odlučna, dok stoje pored njegovog bicikla skrivenog u mraku.

Zaputili su se ka Kaladriti, u toj noći bez mesečine, ali sa istim zvezdama koje su svedočile obećanju da će ukrstiti svoje sudbine. Ako je budućnost preteća, mogu da se bore protiv nje obnavljajući svoje namere.

– Kako si? – pita je.

– Žao mi je zbog mog oca.

– Ne brini.

– Misli da sve zna. Danas su mu javili da je osvojio ko zna koju po redu nagradu, i svaki put kad se to desi, kao da ga neka pumpa pretvori u naduvan balon.

Đulija naduva obraze i poljubi ga.

Stigli su na Rt Kaladrita. Odjek mora koje se silovito razbija o školje, obale Italije i Afrike koje postoje iako se ne vide.

Naspram obzorja i ništavila kreću se nespretno, u potrazi za čvrstim potvrdama i obrisima koje će utisnuti u sećanje. Usta i ruke sonde su u pažljivom istraživanju, nervni završeci koji objavljuju ujedinjenost, elementi rastopljeni u vetru koji duva i nosi ih negde drugde.

Ali koreni koji ih vezuju i omogućavaju im rast otkrili su grubost, različitost, užas. I više ništa ne može biti bezbrižno i lišeno težine koja u toj dubini pritiska. Zagrljaj je krhki oslonac, a ono za šta se nadaju da je ljubav liči na izloženo skrovište, podložno napadu. Zajedno su, a otkrivaju da su sami.

Salvatore se ispružio preko Đulije, oseća snagu njihovog disanja, veliki napor koji ukazuje na deljenje tajne.

Znaju da imaju malo mogućnosti da promene izbore drugih, da su im ruke i noge vezane.

– Sutra odlaziš – kaže Salvatore, ne prestajući da joj miluje lice, brišući Đulijinu iluziju ljutnje.

– Ja bih da ostanem ovde, da pomognem. Ne bih volela da se to ponovo dogodi. – Podigne glavu, govori mu licem u lice.

– Ostati ili otići ne menja mnogo. Zarobljenici smo koliko i oni što nam pružaju ruku da im pomognemo.

– Ne sviđa mi se što tako govoriš.

– A meni se ne sviđa što ti odlaziš. Imaš li neko rešenje?

– Da, da ostanem. Dođavola i moj otac i moja majka. Ostajem ovde. – Đulija klima glavom, ispunjena energijom koja joj pomaže da skloni Salvatorea u stranu i ustane ne bi li osetila vetar na licu, uživajući u osećaju koji pruža nagon za pobunom.

Salvatore sedne prekrštenih nogu, posmatra je, divi se njenoj naravi puštajući da se onaj čvor u grlu spusti u grudi, i tu se smesti dok se ne obruši u samog sebe.

Noć je brza, kao što su brzi i trenuci sreće, u kojima je snevati isto što i biti.

Svitanje ih dočeka prozeble, pokazuje im stvarnost kamena koji ih drži, tvrdog i nesalomivog golim rukama. Na povratku kući jedva se održavaju na biciklu, podočnjaci govore za njih, leđa i stomaci nisu spremni da se razdvoje.

Ipak, pred prilazom se sigurnost koleba, a poljupci kao da su ispunjeni tihim odgovorima.

Dok Đulija otvara vrata, Salvatore je već svestan njihove udaljenosti. Dovoljno je da sačeka nekoliko sekundi pa da čuje viku kako razbija otpor osvojen tokom noći. Đulija preti, treska vratima ormara, ali njenih šesnaest godina podleže pred autoritetom i vremenom koje bi je, danas ili sutra, svakako vratilo u Milano.

Salvatoreov odlazak kući, zabrinutost njegove majke jer joj nije javio da će izbivati celu noć, čaša hladnog mleka na silu sabijenog u stomak detalji su kojima je suđeno da ih upije silina života na Rtu Kaladrita.

U jednom zagrljaju ostaju upetljane sitne čestice koje šalju signale prisustva čak i danima nakon rastanka.

Nisu rekli jedno drugom zbogom, čak ni doviđenja, obujmljeni sopstvenim rukama kao pantomimičari na pozornici, sa ozbiljnošću i uverenošću sačinjenim od granita. Odučili su da se bore, a borba daje smisao nedostajanju i čežnji.

Sigurni su u sreću koju imaju, razgovaraju o njoj u školi s drugovima, s profesorima, pričaju to knjigama koje čekaju otvorene na pokrivačima. Pišu jedno drugom da su u vazduhu koji dišu, da je vreme relativno, bezoblična masa koju mogu da oblikuju, uspore i ubrzaju.

Salvatore je u Milanu, a Đulija je na njihovom ostrvu. Ne mogu da zaborave, pustili su da obećanja poprime oblik postojanja, sklopili su sudbinski sporazum.

I vraćaju se na poslednji dan.

U Đulijinoj su kući, na obronku koji se uzdiže iznad mora u Kritskoj uvali. Salvatore je posmatra kako savija stvari i pakuje ih u kofer. Zrna peska koja padaju na pod ostaće nepomična do idućeg leta. Peškiri naslagani u jednom uglu mirišu na sunce i so. Predmeti nemaju vrednost ako nisu povezani s nekim sećanjem, a oni su, za dva meseca, sakupili neizbrisivu zbirku jasnih slika, granita od dudinja i limuna, prošaputanih reči.

– Koliko još meseci? – pita Đulija dok stavlja u ranac majicu koju je nosila kad je stigla, izgužvanu od značenja.

– Deset.

– Kad tako kažeš, ne zvuči mnogo.

– Kad pomisliš da ima ljudi koji se ne viđaju godinama, deset meseci nije ništa.

– Možda bih mogla da ubedim majku da krenemo ranije, da dođemo krajem juna, možda sredinom.

– Ili bih ja mogao da dođem. Ostavio sam nešto novca na stranu, šta kažeš na to da dođem za Božić?

– Bilo bi fantastično. I to je nešto.

I mada znaju da majka neće moći da dođe ranije i da novca neće biti dovoljno, od sveg srca se trude da veruju u to.

Kad su kola natovarena a kapci zatvoreni, ključevi predati jednom rođaku Đulijinog oca, u grudima i u stomaku nešto se sabija, postaje neprekidni pritisak.

Idu u pristanište, ukrcavanje na trajekt je već počelo i poslednji zagrljaj kratak je i težak. Koraci koji ih razdvajaju i metri koji se povećavaju mrlja su praznine.

Kad se zadnja vrata podignu i postane očigledno da se više ništa ne može uraditi, Salvatore se vraća na svom biciklu. Majka mu se pridruži, vidi ga izobličenog, pita ga da li je za sendvič, može li ona nešto da učini. Oseća olakšanje zbog njene ljubavi, zagrljaja i sigurnog utočišta.

Salvatore okreće pedale i što ih više okreće gnev sve više raste a brzina se povećava, ulica se skraćuje. Na visoravni je mokra zemlja tamna od jednodnevne kiše. Napreduje zemljanom stazom izbegavajući kamenje i rupe. Oseća se sićušnim, izgubljen u vrtlogu misli. Sve dok bicikl ne naleti na rupu, a guvernal postane trampolina i poluga za jedan nesrećan let. Padne ne proizvevši nikakav zvuk, pa otpuže grebući se. Šutne bicikl, zaboli ga stopalo, vrisne od bola.

Otrči ka svetioniku, zaustavi se na na strmoj ivici koja se nadvija nad prazninom. I gleda brod s njegovim stubom dima, mrzi silu koja ga pokreće i postavlja između njega i Đulije deset meseci, koji mu se odjednom učine onakvim kakvi jesu. Nepremostivi niz dana.

* * *

Samo jednom je, nekoliko godina ranije, Đulija ostala do dvadeset drugog septembra, na proslavi Madone iz Porto Salva. Dani su još bili vreli, temperatura je prelazila preko četrdeset, i ne pomeriš se, a već si znojav. Široko je zarobio ostrvo. Od podneva do pet po podne ulice su bile puste.

Salvatore je, pod majčinim nadzorom, sedeo za kuhinjskim stolom da bi se izborio sa zadacima koje je trebalo da uradi preko raspusta. Rvao se s brojevima upletenim u sabiranja i množenja. Frktao je nad testom iz prirodnih nauka, posmatrao jezive crteže anatomije i pritiskao stomak, ubeđen da on te tamne mlitave organe nema. Napamet je učio *Subotu u selu* Đakoma Leopardija, zamišljajući Đuliju kao devojku koja dolazi iz polja, a on, drvodelja, jedini jadnik koji je zatvoren i radi, umesto da bude na moru.

Majka mu je dala domaći sladoled od svežeg voća i rekla mu da prestane da sanjari otvorenih očiju, da je Đulija na plaži zato što je završila zadatke.

Na praznik meštani kao da su se dogovorili da se svi okupe. Stare doterane gospođe, mladi parovi s rukom u ruci, deca prisiljena da hodaju u procesiji. Nije bilo važno da li ste vernik ili niste, praznik je tradicija, razlog za okupljanje, druženje, sa zidovima ukrašenim i osvetljenim kao za Božić.

Muškarci su nosili statuu Bogorodice na ramenima, njihovi povici očovečili su tu predstavu nade i zaštite, a oni su bili spremni da snažnim rukama brane ostrvo. Sveštenik, gradonačelnik s gradskom vladom i gradski orkestar išli su na kraju povorke koja je prolazila ulicama i spuštala se ka luci pozdravljana sirenama s brodova, a onda se vratila u crkveno dvorište.

Uveče se Salvatore pridružio Đuliji u glavnoj ulici, hodali su tamo-amo između tezgi i poslednjih turista u sezoni.

Ona je sutradan trebalo da otputuje, te joj je Salvatore kupio poklon. Drvenu kornjaču, delo vajara koji je na ostrvo dolazio samo za praznik. Nije bila mnogo velika, ali je bila lepa, sa oklopom precizno izrađenim, mekim linijama koje podsećaju na vodu i njeno kretanje.

U ugovoreno vreme su otišli sa svojim roditeljima na jednu terasu da gledaju vatromet. Kad je spektakl počeo, odrasli su nastavili da razgovaraju ne obraćajući pažnju na ono što se oko njih događa.

Đulija i Salvatore su, međutim, sedeli na svojim ležaljkama pogleda uprtog uvis i otvorenih usta, zadivljeno su mrmljali „oooo“ uz svaku erupciju svetlosti.

Salvatore je proračunao vreme, znao je da će vatromet trajati skoro tri četvrti sata, i na vrhuncu je, između slapova vatre i raznobojnih odseva, spustio ruku na Đulijinu i dao joj kornjaču.

Znao je da će ga ona pogledati i da on neće odvojiti pogled od neba.

– Mnogo mi se sviđa. Kornjače su mi omiljene životinje. – Đulija je to rekla nakon poslednjih prasaka koji su označili kraj spektakla. – Držaću je na noćnom stočiću i svaki put kad je budem pogledala setiću se ostrva i tebe.

– Važno je da jedno ne zaboraviš.

– Šta? – Đulija je ustala, roditelji su je zvali da idu na spavanje.

– Da se uvek vratiš.

Jesen na ostrvo ponekad ne stiže, leto istrajava te je u učionicama pretoplo da bi se učilo i pratila predavanja. Drugova je sve manje, neki nisu završili ni prvo tromesečje u gimnaziji, uđu jedno jutro u učionicu bez ranca na leđima i kažu kako su im roditelji našli posao na kopnu. Drže se kao da već pripadaju nekom drugom mestu, imaju izraz lica nekog ko zna da je spasen.

Salvatore nikad nije toliko vozio bicikl. Svaki dan izađe na biciklu i ide na Zečje ostrvo, na Zapadni rt i Rt Tonara. U stisnutoj ruci drži šaku peska, posmatra uzburkano more, koje kao da je i sâmo izgubilo mir. Đulija je stalno tu, razlog za buđenje ujutru i širom otvorene oči noću. Ona je ružičasta koverta u otvoru za pisma, slika nepoznate sobe, gradskih ulica i elegantnih prijatelja.

Majka mu sprema pastašutu i sedi pored njega dok on jede. U crnoj kosi, srebrne vlasi joj uokviruju slepoočnice, početak preobražaja sudbine nekog ko ima korene tako jake da se pretvara u kamen.

Večeri protiču jednolično, s prvim cepanicama u kaminu, partijama karata i filmovima na televiziji. Roditelji su mu zabrinuti, ponekad razgovaraju o tome, otac traži utočište u kafeu, spava na sofi. Potom se sve dovede u red i osmesi se vraćaju.

Stiže Božić praćen Novom godinom, a maštarija o Salvatoreovom putovanju u Milano ne postaje mogućnost. Problem je u novcu, a Đulija ga ne zove da dođe, nijednim od redaka koje je Salvatore naučio napamet.

Škola ga sveg obuzme, približavaju se maturski ispiti, gradivo je obimno, naučeno bez strasti. Profesori su umorni, kao što je umorno i ostrvo, restorateri i hotelijeri su bez gostiju, a migranti su skrhani.

Salvatore čita stranice o mitovima i junacima, o nepravdama i osvetama. Otkriva tajne koje mu niko nije ispričao, brojeve koji se savršeno uklapaju, biologiju i mehanizme koji, razjašnjavajući stvari, pojačavaju misteriju.

Na ispitu je njegov rad najbolji, nadahnut je dečkićem na žalu, sažetak slučajnosti i trenutaka koji ih povezuju. Profesor italijanskog mu čestita, savetujući ga da nastavi obrazovanje, ide toliko daleko da mu kaže kako je jedan od retkih koji zaslužuju da se upišu na književnost.

Salvatore je, s maturom položenom sa odličnim uspehom i sastavom ubačenim u kovertu i poslatim Đuliji, s vetrom na Rtu Kaladrita koji mu je razbarušio kosu, na obzorju spazio plovilo nošeno vodom i mnoge ruke podignute uvis koje mole za pomoć. Popeo se na najvišu stenu, dok se na moru jedan patrolni čamac približavao da im pruži pomoć i dovikivao: – Dobro došli, stigli ste. Stigli ste.

Brodska kompanija je smanjila broj plovidbi i zadržala zimski red vožnje i u sezoni. Aerodrom je poluprazan, linije koje su godinama postojale ukinute su. Procenjeno je da se broj turista smanjio za četrdeset procenata, ali pričalo se da je to umanjen podatak.

Vikendice ostaju zatvorenih kapaka, iznajmljivanje motocikala je pojeftinilo, u prašnjavim izlozima izloženi su natpisi s vanrednim sniženjima cena.

Sporost, vrlina tog mesta, preobražava se u poraz, u povijena ramena i popreke poglede.

Starci koji sede na stolicama poređanim na obodu trga kažu da izgleda kao da su se vratili trideset godina u prošlost. Preseku paradajz napola, malo ga posole, sipaju na njega kap ulja i pojedu crvenu pulpu. I razgovaraju, domunđavaju se, bez večernjeg bata koraka njihovo mrmljanje odjekuje između zidova dnevnih soba, zauzima prostor ravnodušne dekadencije.

Oni koji imaju rođake na kopnu iseljavaju se i kreću putem koji su uvek ponosno odbijali. Neki se vraćaju i kažu da više ni na severu nema posla.

Koprena čamotinje pokriva ostrvo. Čovek se na sve navikne te su meštani prestali da izlaze na prozore i da se okupljaju u luci kako bi gledali iskrcavanje migranata.

Salvatore gura uz zbrkanu nadu da će, u iščekivanju Đulije, saznati dan, trajekt i precizan trenutak u kojem će se njegov život nastaviti.

Pismo u ružičastoj koverti kasni nedelju dana, ali onda stiže i, s jednakom silinom s kojom mu je pružalo snagu i nadahnuće, sad se nemilosrdno obrušilo na njega.

Đulija piše, iz reda u red, da neće doći, da neće biti ni radosti ni patnje rastanka. Neće biti ispunjenih dana, plivanja, dodira, najpre stidljivog, a zatim sve smelijeg.

Nešto je novo u Salvatoreovim rukama koje stežu stranice pisma, ali su izgubile osećaj. Jagodice su se ugasile, nema elektriciteta u tim rečima, samo zaključanih brava i metalnih rolo-vrata koja se uz tresak spuštaju.

Koga je briga što je kriv otac koji odbacuje ostrvo i rezerviše neke druge letove i mesta? Važna je opipljiva stvarnost, tlo koje nedostaje pod nogama iako ostaje tvrdo i ravnodušno. A Salvatore prihvata razočaranje i ozlojeđenost danima ležeći u krevetu. Telefonira joj na kuću, prosi slike od jedne neme slušalice i odsutnog glasa.

Koga je briga što je Đulija tražila da je ne zove, da ne otežava, da sačuva uzdržanost, plod snage koju nema i ne želi da je ima.

Ko zna gde je i ko zna s kim je sa svojim citatima iz knjiga koji samo stanjuju njihova osećanja što postaju ne deblja od papira.

Ispričao bi joj da ima mogućnost da se upiše na Filološki fakultet, preneo bi joj profesorove pohvale, s njom bi podelio jednu odluku koja može da promeni izglede. Smogao bi hrabrosti da kaže roditeljima, da organizuje svoje preseljenje u Milano ne misleći previše na novac, gradeći jedan život koji bi bilo lepo živeti.

Ali jedne večeri stiže telefonski poziv. Đulijin glas je blizu, kao da govori pored njega, kao da ih deli samo jedan zid.

– Zdravo, Salvatore.

– Đulija! – To nije uzvik, već erupcija iznenađenja.

Đulija je prekršila pravilo, što može značiti da dolazi, da je već na putu ili, naprotiv, da je donela neku odluku, da raskida.

– Kako si? – pita ga sa sporošću koja Salvatoreu ubrzava srce.

– Tako-tako, nije lako kad se uporedi s ranijim letima.

– Sutra putujem. Idemo na Island – objašnjava, svesna da može da dovede do nesporazuma.

– Biće hladno – kaže Salvatore, osećajući ledeni vazduh koji počinje da struji između njih.

– Ne možemo više.

Đulija se oslobađa kamena koji joj se zaprečio u grlu i gađa njime Salvatorea u glavu.

– Šta ne možemo? – pita je, unapred znajući svaku reč koju će ona izgovoriti, bar njihovo značenje koje je, na kraju, jedino važno.

– Da nastavimo, da ostanemo zajedno a da se nikad ne viđamo, da vodimo nepomirljive živote.

Salvatore je sluša, gubi nit. Ugrizla ga je zmija, otrov deluje.

– Ne razumem – mrmlja, dajući Đuliji snagu da ga odvuče na dno.

– Moramo da budemo slobodni.

– Osećaš se slobodnom bez mene? – Salvatore je podigao glas, želi šamar koji će ga probuditi.

– Ne, ali želim, moram pokušati da budem. Moj otac prodaje kuću na ostrvu. Ne želi više tu da dolazi. Nema nikakve nade za nas.

– Pretpostavljam da si ih ti već sve procenila.

– Misliš da mi je lako?

– Mislim da ti tako odgovara. Da spališ sve i nadaš se da neće ostati samo pepeo.

– Plašim se.

– I to je sve? Nećeš citirati neku od svojih knjiga? Jel' tvoj otac napisao ovu pričicu? – Salvatore se hvata za slabašni sarkazam da ne bi pao.

– Ljut si.

– Da, besan sam što sam protraćio vreme.

– Ne misliš to stvarno.

– Zapravo mislim, zato što sam ja još ovde i čekam te. – Salvatore se bori s telefonom, dođe mu da ga sažvaće, razbije u paramparčad.

Đulija oseća gorko-slatki ukus kraja, potiskuje jecaje, objašnjenja su beskorisni retorički začini onog ko odlučuje i želi da se opravda.

Salvatoreovi dani postaju mračne predstave kupanja u moru, plivanja i neprekidnog trčanja, kako bi se sručio u krevet i onesvestio.

Septembar stiže brzo, ne ostavljajući mu vremena da sredi naznake ideja i razmisli o prilikama i raskršćima, koja se, kad ih jednom prođeš, više ne ukazuju.

Roditelji ga posmatraju, ne pritiskaju ga, ne žele da se mešaju. I oni imaju svoje nade, nekoliko godina ranije bili bi srećni da je njihov sin odlučio da ostane na ostrvu, spreman da udahne nov život u jednu dugu priču. Sad se nadaju da će otići na kopno da studira, da će, iako je novac problem, doneti jedinu mudru odluku u jednom kontekstu koji je postao nemoguć.

Ali Salvatore voli more i više ne želi da ide. Želi da se njegovi koreni učvrste, postanu snažniji od oluja. Želi da bude kao stoletno stablo koje ne mareći lomi asfalt na pločnicima i nalazi odgovore u zemlji.

Dobija obrasce za upis na najbliže fakultete, popunjava ih iako zna da se neće upisati. Čita programe, nazive kurseva, opčinjen je raznovrsnošću, onim što neće naučiti i svojom tvrdoglavošću.

Jednog oktobarskog jutra uđe pre oca u kuhinju, zagreje mleko, namaže puterom kriške hleba pa sedne da ga sačeka.

– Dobro jutro. Poranio si.

– Spremio sam doručak.

– Odlično. Ideš nekud?

– Da.

– Dobro. Jesi li odlučio šta ćeš da radiš?

Otac sa uživanjem žvaće svež hleb, naslonjen na kuhinjski ormarić. Osmehuje se zadovoljno.

– Ostajem – kaže Salvatore, načinivši pokret koji je naoko bio protivrečan njegovim rečima.

– Nisam razumeo – odgovori otac progutavši zalogaj i namrštivši se.

– Ne idem na fakultet. Hoću da ribarim s tobom.

– Ako je to zbog Đulije...

– Nije zbog nje.

– Salvatore, znam da ti nije lako, da ti sad sve izgleda crno...

– Nije zbog Đulije. To je moj izbor.

– Trebalo bi da razmisliš. To nije lak život.

– Znam kako je osećati se slobodno na moru. Ne mogu se odreći toga.

– A književnost? Tek tako ćeš odustati?

– Otkud ti znaš?

– Mama i ja razgovaramo, ako si zaboravio. A ona poznaje tvoje profesore. Svi znaju da dobro pišeš, nisi valjda mislio da je to tajna?

– Ne – Salvatore je pocrveneo. – Mogu i ovde nastaviti da negujem svoja interesovanja. Da bih čitao i pisao ne treba mi fakultet.

– Dobro, ali jesi li se osvrnuo oko sebe? Na ostrvu je više vojnika nego meštana, turisti su prava retkost, sad prodajemo ribu samo na kopnu, a konkurencija je surova. Mogli bismo upasti u ozbiljne neprilike ako se okolnosti ne promene.

– Rizikovaću. Naći ćemo način. Osim toga, sve si stariji, treba ti pomoć.

Salvatore ispruži ruku ka ocu, spreman da zapečati usmeni dogovor koji vredi više od ugovora potpisanog kod beležnika. Čini to sa izrazom lica čoveka sigurnog u sebe, stoji pravo boreći se i odlučujući.

Otac ga posmatra, uzvraća mu pogled, dirnut otkrićem da mu je sin odrastao i da ga pokreće snaga kojoj se divi.

Duboko udahne pre no što spusti šolju, obiđe sto pa uhvati njegovu ruku, pretvorivši to u zagrljaj, u srdačne želje da uspe.

– U svakom slučaju, ne starim – prošapuće mu na uho pre nego što se obojica nasmeju tapšući jedan drugog po leđima, baš u trenutku kad je Salvatoreova majka ušla u kuhinju shvatajući da je odluka doneta i da će samo budućnost moći da kaže je li ispravna.

Salvatore se ogleda u moru, u njegovoj površini i dubinama, beskrajnom kraju. Zamišlja budućnosti koje je ostavio iza sebe, budućnosti koje su propustila sva ljudska bića i koje se ne mogu zaboraviti.

Svojski se trudi na poslu, posmatra svog oca i podražava njegove pokrete koji, kao gipsani odlivci, čine deo njegovog detinjstva. Riba se migolji među rukama, praćaka se u gajbicama, do poslednjeg trenutka se bori za vazduh.

U svakom samrtnom bolu, u staklastim očima, Salvatore vidi oči onog dečkića i njegovu smrt. Ohrabruje se verujući da će ga navika učiniti manje osetljivim, stavlja slušalice u uši, uranja u muziku kako bi ostao i ujedno pobegao negde drugde.

Njegov otac je uvek ribario danju, izbor manje plodan, ali sporiji i opušteniji. Većina ribara je kupila veće ribarske brodice, zaposlila jednog ili dva momka iz mesta, produžila noćna ribarenja, povećala napetost, zaradu i troškove. Njegov otac kaže da posao treba da olakša život, a ne da bude sâm život. Kaže kako je dovoljno imati malo novca, kako je juriti za njim glupo koliko i gomilati ga u banci i napamet navodi čitave odlomke iz *Teškog života* Lučana Bjankardija, sa uživanjem ponavljajući reči kao što su „podbadati" i „ektoplazma".

Njegov život zrači zadovoljstvom i mudrošću koje Salvatore želi da sačuva i ponese sa sobom šta god da bude.

Kad izvlače parangale, slažu gajbice, skupljaju žute signalne zastavice i pale motor kako bi se vratili u luku, među njih se uvlači tišina podstaknuta povetarcem, koja ih ujedinjuje i razdvaja stečenu sigurnost od nesigurnosti skrivenih u tami. Nema odgovora, samo pitanja koja treba postaviti ne bi li se utešili i uverili da nisu sami.

Jednog popodneva, na Rtu Tonara, u malom zatonu zaštićenom od struja, savršenom mestu za dobar ulov, neki čovek u vodi maše rukama privlačeći im pažnju. Pokupe mreže najbrže što mogu pa stignu do njega. Neznanac je momak crne blistave kože, sa strahom u očima i umorom pretrpljene odiseje. Salvatoreov otac ga podigne i izvuče na čamac. Momak se sruči, okrene se na bok pa pošto je smogao snage osovi se na kolena i ispruži ruke ispred sebe pokazujući neku tačku među talasima. S mukom govori na engleskom, grčevito se uhvati za rukav Salvatoreove jakne.

Motor sad radi punom snagom, otac uzme pokrivač pa ga prebaci preko momka koji je počeo da drhti. Iza jedne uvale ukaže se veliki čamac nošen strujom, pun migranata, očajničkih povika. Što mu se više približavaju, lica postaju sve jasnija, kao i činjenica da bi jedan talas mogao da prevrne plovilo. Struje na Rtu Tonara bore se i pene na površini, diktiraju rizik koji se ne može proračunati.

Nekoliko metara dalje, otac šalje SOS lučkoj kapetaniji i kaže Salvatoreu da im dobaci uže. Jedan mršav i spretan čovek u pantalonama do listova stane ljuljajući se na stranice čamca, zgrabi uže u letu pa ga priveže za pramac. Kad se uže zateglo, činilo se da će se oba čamca prevrnuti. Brodica od sedam metara Salvatoreovog oca se naginje, vonj izgorele nafte lebdi u nozdrvama. Ali čvorovi drže i dva plovila se polako kreću ka obali, jedno vukući drugo.

Obala Rta Tonara je stotinak metara dalje, disanje u čamcu prisvaja ubrzani ritam talasa najbližih obali. Sve dok se žalo iz nade ne pretvori u čvrst oslonac.

Salvatore pomaže ženama da siđu, prihvata zavežljaje sa uplakanom novorođenčadi, privija ih na grudi i nosi majkama koje ih traže. Iznureni muškarci padaju u pesak i osmehuju se dok rukom pokazuju na nebo, a zatim na zemlju. Neko pita da li je to Italija, drugi traže vodu za piće, treći plaču.

Salvatore i njegov otac se osećaju sićušnim, nepredviđeni uljezi koji su učinili ono malo što su mogli. Momak kojeg su izvukli iz vode prilazi im, zahvaljuje i pokazuje im svoje drugove. Ko može ustaje, pronalazi preostalu snagu da prođe ispred njih i isporuči jedno hvala, svako drugačije, kao što su drugačiji i lica i pokreti, boja kože, glasovi, iskreni osmesi.

Stiže i organizovana pomoć. Kamioneti, helikopteri, motorni čamci. Desetine uniformi zauzimaju plažu. Naređenja i profesionalnost.

Migrante odvode, Salvatore i njegov otac više ih neće videti. Prelaziće s jednog mesta na drugo, od nekog prihvatnog centra do slobode lišene smisla zato što je lišena mogućnosti. Rasuće se, imaće sreće ili će se vratiti. I možda će se sećati dva ribara na plaži Rta Tonara, dobrote i skromnosti njihovog pogleda.

Postoje koloseci koji se pružaju kroz prerije, ogromna prostranstva, prave linije, blage padine i blagi usponi. Postoje životi koji prolaze njima ne menjajući se, neprimetni tragovi koji ne ostavljaju znaka i nestaju dok trepneš. A ima i onih koji kopaju jame i udvostručenom brzinom uleću u krivine, koji nadmeno prestaju da slede zacrtani put, povuku kočnicu za slučaj opasnosti, poklone svoju kartu saputniku i improvizuju svoj plesni korak u pustinji koju tek treba oslikati.

Salvatore bi mogao da ostane upetljan u iste mreže u koje su upetljane ribe, i dalje da dahće kajući se, zanemeo pred proticanjem tiranskog vremena.

Bilo je nečeg što ga je spaslo ranije i što bi moglo da ga spase sad, što ga je činilo drugačijim u luci, kad su se brodovi privezivali a lepe devojke silazile ne udostojivši ga ni pogleda.

Ružičasta koverta u džepu i još jedna ružičasta koverta, koja je neočekivano stigla jednog decembarskog dana.

Zaobljenost adresa, pošiljaoca i primaoca, njihova imena utisnuta na papiru. Đulija, spolja i iznutra, koja, iako se na ostrvo ne vraća, nikad sa ostrva nije otišla.

Salvatoreova majka mu uručuje pismo bez reči, s keceljom umrljanom sosom i mirisom hrane koju se sprema da iznese na sto za večeru. Otac seče krišku sira i posmatra sina kako se penje uza stepenice.

Salvatore se opruži na krevet, mora da protrese glavom a zatim da sedne ne bi li odagnao žmarce i usporio sve ono što je ubrzalo u njegovom telu. Ali ne pomaže, u skoku uzme nož za papir sa pisaćeg stola i otvori kovertu.

Papir u njoj je tanak i ima samo dve reči, jednu pored druge. Oblik glagola u prvom licu jednine i ličnu zamenicu drugog lica jednine u akuzativu.

Nema ničeg više, nema potpisa, nema rečenica, objašnjenja, molbi. Samo nedvosmislene poruke, direktne kao pesnica koja ošamućuje i umesto da tresneš na pod, srećan si.

Salvatore ustane, načini dva koraka, koliko mu je dovoljno da pređe dužinu sobe, napred i nazad. Oseća teskobu u četiri zida koji ga okružuju, misli na priče o zatvorenicima koji su u podu svojih ćelija tabanima napravili brazde.

Zaustavi se, zadrži dah, zažmuri a kad otvori oči, odlučio je. Priđe ogledalu i otkrije nepokolebljivost u svojim crtama, u svojoj želji da vrišti. Sjuri se niza stepenice, zastane na ulazu i pogleda oca, koji je prekrstio ruke i zastao u pola reči, i majku, koja meša sos i okrene se, shvati i osmehuje se.

Potom je na stazi, na biciklu, na visoravni, na Rtu Kaladrita. Vetar je hladan, prodire u kosti, zavija među stenama. Nebo je vedro, mesec obasjava more, kao da nema ničeg drugog do beskraja, ipak, Salvatore zna da će uskoro biti tamo, na kopnu koje se ne vidi, samleće razdaljinu i oslikaće pustinju.

Spremiti se za put, napuniti kofere očekivanjima, sa ono malo debelih džempera i perjanom jaknom kupljenom na sniženju. Rukavice, šal i kapa, koje je njegov otac koristio ono jednom kad je otišao na skijanje u Alpima.

Treperavo svetlo lampe pričvršćene za kosu tavanicu njegove sobe naglašava neizvesnost tog prizora, nadolazeći poremećaj ravnoteže postignute na nesigurnom terenu.

Salvatore provodi besanu noć, kofer je spreman u jednom uglu pored vrata, albumi sa slikama razasuti po krevetu. Beleži približni plan putovanja, s voznim redom vozova i onih za presedanje, sa imenima hostela u centru Milana. Beleži stanice i cenu karata, proučava plan metroa. Ponovo broji svežanj novčanica, jedan deo stavlja u novčanik, drugi u unutrašnji džep ranca, treći u kofer. Ne zna koliko će odsustvovati.

Miris kafe koji se širi odozdo zatiče ga spremnog, s već vezanim pertlama patika i razbarušenom kosom, kako se sviđa Đuliji i njegovoj majci.

Siđe u kuhinju – otac je već izašao i ostavio mu poruku. List iz blokčića na plave kvadratiće i reči ispisane pisanim slovima.

Srećno. Put je samo tvoj. Tvoj otac

Majka cedi pomorandže, na sebi ima uobičajenu iznošenu kućnu haljinu i naglo se okrene. Salvatore joj priđe, spusti joj ruku na rame, primetio je da su joj oči crvene od nedavnog plakanja. Ona sipa ceđenu pomorandžu u čašu, gleda ga i uputi mu osmeh koji je osmeh njegove majke, koji oduvek donosi spokoj, sigurnost da će sve biti kako treba.

Sednu za sto, majka ga gleda kako jede, dlanovima je obuhvatila lice. Sunce prodire kroz prozor ističući njeno bledilo koje Salvatore primećuje.

– Bleda si – kaže i prestane da žvaće.

– Samo sam umorna. I malo me boli glava.

– Hoćeš da ostanem? – odlučno je pita, spreman da promeni obzorje kao što ga je ona toliko puta promenila zbog njega.

– Ne, hoću da ideš, da budeš srećan. Šta misliš da uradiš?

– Da odem kod nje i vidim šta se događa. Možda ću se već sutra vratiti.

– Onda moraš da požuriš, odlazak i povratak u dva dana bio bi rekord.

– Kladim se da bi ti se svidelo.

– Malo sam zabrinuta. Obećaj mi da ćeš biti oprezan, da, šta god da se desi, nećeš zaboraviti da smo mi tu.

– Hajde, mama, uskoro ćemo se videti.

Salvatore ispije nadušak kafu, ustane i priđe joj s druge strane stola.

– Volim te – kaže svojoj majci, dok čeka njen poljubac.

Salvatore liči na odraslog muškarca kad otvori vrata s koferom u ruci i snovima u drugoj.

– Javi se čim stigneš.

– Ne brini. Zagrli tatu.

Trajekt ga čeka na pristaništu, službenici brodske kompanije overavaju mu kartu i pomažu mu da se ukrca. Nebo je vedro, more mirno, vazduh svež. Dobar dan za putovanje.

Priseća se prelazaka sa svojim roditeljima, izleta na kopno, sanduka s novom sofom, koji je usled rasejanosti jednog radnika dospeo u more, sati u redu za popunjavanje prijave, smeha, sladoleda koji je jeo čekajući da svane i da se ukrcaju na drugi trajekt. Seća se vikenda s drugovima, večeri u diskoteci, jezive muzike, predusretljivih devojaka, mamurluka i povraćanja u kesu. Seća se da je odrastao, ali ne seća se da se to dogodilo tako brzo.

Brod isplovljava iz luke, izbacuje svoj crni dim, svom snagom se kreće napred. Ovoga puta Salvatore ne proklinje motore, ne nada se da će se pokvariti, nije više vezan za ostrvo s kojeg gleda. Sad je na putu i u odsjaju na malom prozoru prepoznaje svoje lice i obrise ostrva od kojeg se udaljava. Postoji tajni dogovor između njega i te zemlje, urezan u kožu, dogovor na koji nijedna razdaljina ne može da utiče, plod pripadanja mestu koje se ne može napustiti, koje ostaje u očima, kao stara fotografija koja nas prati i uliva sigurnost.

Zima ih ne poznaje

Voz je star, kupei vonjaju na buđ, sedišta su umazana, opruge su im propale. Krajolik se sastoji od talasastih linija, neobičnih geometrijskih oblika, zadihanih ljudi na biciklima. Mesta imaju stanice koje liče jedna na drugu, bele natpise na tamnoplavoj pozadini i ljude na peronima, neuverljiva ukrštanja života i sastanaka.

Salvatore jedva sedi, ne može da čita knjigu otvorenu na kolenima, opijen poletom zbog kojeg se smeška putnicima i kondukteru. Izoštrena čula opažaju detalje i skladište ih u slojevima pamćenja.

Predgrađa Napulja i Rima, Firence i Bolonje, zgrade u centru, dijalekti i kadence, razlike i sličnosti. Novi putnici i novi pogledi. Jedna trudna devojka koja miluje stomak, njen saputnik se igra burmom na desnoj ruci. Pospani učenici s torbama na leđima, razmetljiva odvažnost u odbrani sopstvenih kompleksa. Jedan prosjak pruža praznu šaku, vonja na uskislo vino.

I Salvatore koji prelazi Italiju, otkriva je uzduž, njene čari i opasnosti. Nezamislivo prostranstvo fizičkih elemenata i crtâ lica.

Skoro trideset sati u neprekidnom pokretu, nošen inercijom kojoj je lako prepustiti se. Napolju je sve hladnije, polja su okovana mrazom, teška magla u ravnici, svuda istoj. I dolazak na odredište, s bolnim nogama i iznenadnom doslednošću putovanja koje poprima obličje ogromne stanice u mermeru, gvožđu i staklu. Nagoveštaj nesigurnosti kad shvati da ga niko ne čeka, zbog usamljenosti koju ništa ne može da izazove tako kao jedan grad.

Salvatore hoda pločnicima koji oivičavaju prometne kolovoze Milana. Izduvni gasovi mu prže grlo, ljudi prolaze brzo, zauzeti, pognutih glava i osvetljenih ekrana raznobojnih mobilnih telefona. Zastaje ispred izloga ukrašenih za Božić koji se približava, ošamućen sjajem i privlačnošću, neprekidnim rasipanjem pažnje.

Ono što ga najviše čudi jeste sveprisutno sivilo i odsustvo obzorja. Zemlja kao da je izbrisana, pokrivena metrima čvrstog neuništivog asfalta. Spomenici se ukazuju iza uglova ulica, mastodontske strukture i očaravajući oblici koji ističu ružnoću običnih zgrada, niz za nizom, s praznim portirnicama i hiljadama prezimena na interfonima.

Na Trgu Duomo prostor se proširuje, napor da se izbegnu tela, da se meri vreme reakcije zamenjen je prisustvom, ili bolje reći odsustvom neba i zvezda. Svod u više nijansi narandžaste koja se nazire kroz kišicu što kvasi kosu i zamagljuje pogled.

Hostel je našao u jednoj od uličica koje se pružaju od Torinske. Iznuren je i srećan. Usredsređen na očekivanja, na cilj koji mora sačuvati privlačnost iracionalnog kako ga ne bi naterao da procenjuje suprotne mogućnosti.

Izabrao je jednokrevetnu sobu sa zajedničkim kupatilom na spratu. Zatvorio je vrata, otvorio kofer na podu, spustio ranac na stočić – jedini nameštaj osim stolice, noćnog ormarića i kreveta. Obukao je pidžamu, zavukao se pod pokrivače i kako je spustio glavu na jastuk, zaspao je.

Đulijina škola se nalazi u jednoj zgradi iz devetnaestog veka, zidova išaranih grafitima i političkim sloganima. Stotinak motocikala je parkirano na pločniku, bicikli su privezani za stubiće. Dan je leden, a podnevno sunce liči na lampu sa istrošenom baterijom.

Salvatore je pojeo kroasan u kafeu prekoputa škole, svaki čas gledajući na sat. Šanker mu kaže da se časovi uskoro završavaju, gleda ga znatiželjno, napravi neku šalu na dijalektu koji Salvatore ne razume.

Kad se drvena kapija širom otvorila, putovanje, rizik i odlučnost sudaraju se u Salvatoreovim nogama. Prešao je ulicu, izmešao se sa učenicima koji su zauzeli plato. Pomislio je da joj kupi cveće, a onda i kako bi mu bilo neprijatno i da bi privukao neželjenu pažnju. Želi nešto jednostavnije, da im se pogledi sretnu i da obnove ono što su uvek imali.

Traži je, na vrhovima prstiju, gledajući ka ulazu, ne propuštajući nijedno lice.

Zima ih ne poznaje, nije ih videla zajedno, ne može zamisliti da leto odoleva tako dugo.

Ipak, Đulija je tu, silazi niza stepenice smejući se s drugaricama, ima tirkiznu beretku i sivi vuneni kaput. Salvatore priđe kapiji, čeka je, kao što ju je godinama čekao u pristaništu. Ne zna šta će se dogoditi, ali zna da radi ono što treba, da čamotinja i patnja mogu imati smisla samo bez kajanja.

Potom ga Đulija vidi i ukipi se, izgubi korak s drugaricama koje produže uobičajenim svakodnevnim ritmom, ne primećujući čaroliju koja se odvija iza njih. Samo je sunce naoko preuzelo svoju ulogu i greje malo jače.

Salvatore bi da spozna tačnu razdaljinu koja ih razdvaja i uporedi je sa onom koja ih je držala razdvojene sve dok on nije izmenio prostor i vreme. Hteo bi da odmeri snagu reči koje se spremaju da izgovore, ponovo da pročita one napisane u njenom poslednjem pismu i pokaže joj ih u stvarnosti.

Đulija je prestala da se smeje, uozbiljila se pre nego što je zakoračila ka njemu.

Metež koji ih okružuje nestaje. Jagodice prstiju se okrznu podsećajući ih oboje zašto mora tako da bude, da se život sastoji od trenutaka koji će se ponovo proživljavati sve do kraja i da bez tih trenutaka ništa nije vredno.

Jagodice su prsti koji se prepliću i ne puštaju se, kukovi se dodiruju, disanje se čuje, kosa šušti.

Salvatore i Đulija se razdvajaju, u bilo kom pravcu, u tišini koja pruža zaštitu. Potrebno im je da ponovo otkriju crte lica, da proračunaju razlike, povrate samopouzdanje.

Blaga šminka koja uokviruje Đulijina oči i usne čini je starijom. Svetla put, bez preplanulosti, čini je nežnijom.

Sedaju na nizak zid od cigala koji okružuje gradski park.

– Stigao si – promrmlja Đulija.

– Stigao sam – kaže Salvatore,

– Zbog mene? – pita ga.

– Zbog tebe – odgovori joj.
– To je nešto... neverovatno.
– I meni je teško da poverujem.
– Ali ti si već znao.
– Ništa ja nisam znao.
– Znao si da ćemo se videti.
– Znao sam da ću doputovati, da ću morati nešto da promenim.
– Obistinio si jedan roman.
– Ti si meni pisala.
– A ti si me razumeo.
– Bile su samo dve reči.
– Nešto je nedostajalo.
– Da, nedostajalo je ovo.

Salvatore ju je pomilovao, potom je pognuo glavu, dohvatio Đulijine usne i označio kraj putovanja.

I odjednom su preplavljeni nesavladivim porivom, zbirom lišavanja, zažarenih pogleda koji traže da budu nahranjeni.

Hostel nije daleko, te Đulija i Salvatore prelaze tu razdaljinu skupljajući fragmente onoga što će biti i kakvi će biti. Skreću iza uglova, prelaze ulicu na crveno, udubljeni u jednu trku u kojoj ne mogu a da ne stignu prvi.

Salvatore uđe ne bi li se uverio da nema nikog na recepciji, potom pokaže Đuliji da je put čist i popnu se uza strme stepenice. Ključ se okrene u ključaonici oslobodivši ih zadihanosti.

Sumornost te sobe toliko je beznačajna da je i ne primećuju. Oči im se privikavaju na polumrak, usredsređuju se na primaknute detalje, pronalaze znake i utiske.

Đulija se skine, stoji naspram njega, svaki deo odeće koji završava na stolici otkriva nove maštarije i jedno izmenjeno telo, sazdano od ženskih oblina. Grudi, stomak, bedra, zatim usta, omogućavaju Salvatoreu da spozna strast, da je doživi i izrazi.

U škripavom krevetu njihovo sjedinjenje je savršenstvo, simbol onih koji donose odluke i menjaju stvari. I nije važno koliko traje to dejstvo, koliko se stvari uistinu menjaju, jer rezultat je trajan, sećanje je sopstvena priča, kad se osvoji, niko ga ne može izbrisati.

Salvatore grabi Đuliju za kosu, udiše njen prijatan miris, primećuje nijanse tamnoplave koje leti posvetle na suncu. Kao fotograf koji neprekidno okida, pronalazi fokus u njenim očima, u osmehu.

– Setiš li se ikad? – pita ga Đulija, šćućurena pored njega.

– Stalno – odgovori Salvatore, bez oklevanja, znajući šta je htela da kaže.

– Ja ga svugde vidim. U školi dok pratim predavanje, kod kuće dok gledam televiziju ili slušam neku pesmu, za stolom s mojima. Ali ne plašim se, pravi mi društvo, omogućava mi da ne zaboravim.

– Na ostrvu je nemoguće zaboraviti. Svakog dana se iskrca nov čamac, novi ljudi stižu i nestaju.

– Ovde niko ne govori o tome. Ako nema mrtvih, ne zanima ih, radije se prave da se ništa ne događa.

Salvatore posmatra lampu koja visi s tavanice, niti u staklenoj sijalici, i upoređuje je sa svojim malim svetom, s nužnošću da ga brani spolja i učini ga neosvojivim, i shvata da nema bekstva koje oslobađa, da je stvarnost sazdana od povezanih lančanih događaja koji se ne mogu zaustaviti.

Steže Đuliju uza se. Jako, kako bi osetio bol i naglasio ono dobro.

– Žao mi je – kaže ona, dišući mu u vrat.

– I meni – odvrati Salvatore, koji naslućuje, bez potrebe da pita, njenu promenu stava i povratak prisne čaure koja ih čuva.

– Nisam više videla budućnost za nas.

– Sad je vidiš? – pita je, zadržavajući dah.

– Vidim sadašnjost. Osećam se lagano, a to je lep osećaj. – Upre laktom u dušek, okrene se na bok, skloni jedan pramen sa čela. – Volela bih da trčimo ulicama Milana, da ti pokažem dvorišta i klupe na kojima sam ti pisala. I da vodimo ljubav u mojoj sobi – doda s crvenilom koje prikriva poljupcem.

– Tvom ocu će biti drago.

– Salvatore!

– Jedva čekam!

– Blesane.

– Usredsredi se – kaže joj, uozbiljivši se.

– Na šta?

– Na budućnost. Na ovo – kaže, šireći ruke ne bi li obuhvatio sobu u hostelu, Milano i ceo svet – što će biti naša budućnost.

Milano je vatromet svetla, praznično ukrašenih izloga, otmenih muškaraca i žena. Sakoi i kravate, kostimi i mini-suknje, teška šminka, gelovi za zatezanje kože. Vrtlog koji zavodi i ošamućuje, zaseda.

Salvatore noću dugo ostaje budan. Oči su mu otvorene naspram tavanice osvetljene uličnim svetiljkama čiji sjaj dopire kroz pohabane roletne. Pita se koliko je u stanju da primi, koliko je jedan čovek ponovljiv u mislima, koliko je od glasa, tela i gestova moguće zamisliti i oživeti.

Trči ulicama za Đulijom, gleda njenu ruku, njene prste uperene ka nekoj statui. Statui koja je svojom nepomičnošću pozadina vitalnosti jedne lepe i osmehnute devojke. Jedu pancerote, ne prestaju da pričaju, da se smeju tragovima paradajza oko usta, nekom momku koji se sapleo i prosuo napitak po sebi.

Nebo belo kao poklopac haube novog automobila ne pomera se ni za centimetar. Izazivaju ga dok se ljube na jednoj klupi na kojoj su im se smrzle zadnjice ili u redu za izložbu u Kraljevskoj palati.

Sve dok se nešto gore ne promeni i milioni snežnih pahulja ne pokriju uglove i pločnike. – Ukusne su. – Salvatore dočeka nekoliko pahulja jezikom, očaran slojem koji se stvorio za kratko vreme.

– Opasno je, nemoj to da radiš. – Đulija mu stavi ruku na usta.

– Šališ se?

– Pune su gadosti, hemijskih supstanci i ko zna čega još.

– Ko ti je to rekao?

– To svi znaju. Nismo na ostrvu – brani se Đulija namazavši usta puterom od kakaoa, nateravši Salvatorea da se oseća kao neki gorštak koji prvi put vidi more i nije mu jasna svrha table sa zabranom plivanja.

– Na ostrvu četrdeset godina nije pao sneg.

– A otkud ti znaš?

– Ispričali su mi roditelji, samo su retki srećnici uspeli da vide zabelele plaže. Uostalom, to svi znaju.

Đulija načini pokret kao da će pobeći, što nije ništa drugo do želja da bude uhvaćena.

– Možda sam ti spasla život.

– U to nema sumnje – šapuće joj dok stižu do bioskopa i odlučuju da uđu na film koji je već počeo.

U mraku bioskopske sale skidaju šalove i kapute, ostaju zagrljeni sve do kraja projekcije. Gube iz vida obrise koji ih okružuju, dok su im čula sve izoštrenija, ne čuju kad ih zovu, ne osećaju kad ih zapljusne neki nepoznat miris, kad ih razdvoji neka čvrsta površina.

Kasnije, ispred Đulijine kuće, zagrevaju usne disanjem, pozdravljaju se, vraćaju, nastavljaju razgovor, ostavljaju ga nedovršenog, zakazuju jedno drugom desetine sastanaka za sutradan. Menjaju vreme, izražavaju sumnje ne bi li što duže ostali zajedno.

Potom počinju božićni praznici i dani se pretvaraju u produžetak onih letnjih. Salvatore kaže da je metro trajekt koji im svakog jutra omogućava da se sretnu, da je sneg more a soba u hostelu plaža na kojoj broje mladeže i izazivaju žmarce na leđima.

– Rekla sam ocu da si ovde.

Đulija mu je to prošaputala pre nego što je obukla gaćice i farmerke i izašla u hodnik da piški u zajedničkom toaletu.

Ponavljali su jedno drugom da to neće biti problem, ali izbegavali su tu temu strahujući da krhka alhemija može biti poremećena.

Salvatore je čeka da se vrati, posmatra je kako se prirodno skida, vraća se pod pokrivač i upija toplotu.

– Pozvan si na božićni ručak – kaže mu, dok prstom kruži oko njegove bradavice izazivajući mu žmarce.

– Jel' to dobra vest? – pita je uhvativši je za kukove.

– Mislim da jeste.

– Šta bi moglo da se dogodi?

Ruke su mu snažne, ona se žali, ali ne prestaje da ga gleda.

– Mogao bi ti reći da, ako hoćeš da ostaneš sa mnom, moraš da se oženiš mnome.

– Onda svakako moram doći.

Salvatore gleda Đuliju u stidljive i blistave oči, liče na jedno da neizgovorenoj ponudi.

Napolju i dalje pada sneg, saobraćaj usporava sve dok se ne zaustavi. Belina prodire kroz prozor i preplavljuje sobu. Đulija i Salvatore vode ljubav, prestaju da broje sekunde, iako je svaka različita kao što su različiti njih dvoje.

Božićno drvo u Đulijinoj kući dopire do tavanice. Prirodni bor u saksiji s granama otežalim od raznobojnih kugli i plišanih životinjica. Scena Hristovog rođenja nimalo ne zaostaje, od kvalitetne je plastike, s brežuljcima i potocima, štalama i likovima.

Tamni parket pruža toplinu sobama uređenim nameštajem od masivnog drveta. Autoritativna ruka Đulijinog oca ističe klasične sklonosti i racionalne geometrijske oblike. Časopisi s njegovim licem na naslovnim stranama naslagani su na stočiću naspram ugaone sofe. Diploma i počasni doktorati uramljeni su pored biblioteke, gost koji će se tu udobno smestiti mora da zna gde je i s kim ima posla.

Između Đulijinih roditelja vlada napetost sačinjena od poprekih pogleda i otrovnih strelica. Od nedovršenih rečenica koje izazivaju frktanje i sleganje ramenima.

Salvatore je izbrojao dvanaest mesta za stolom, na svakom tri čaše različitih veličina i bogat pribor za jelo. Na sredini stola cveće i dva srebrna svećnjaka.

Jedan dečak se igra na tepihu klikerima, zabavlja se dobacujući ih mački koja se krije iza božićnog bora. Đulijin teča, dečakov otac, prelistava dnevne novine i gunđa na račun državnih praznika. Jedna devojčica sa slušalicama na ušima dolazi iz hodnika i neučtivim gestom odgovara na majčin prekor. Ne prestaje da zuri u fotografije u nekom časopisu za tinejdžere, seda na jednu fotelju i više se ne pomera.

Salvatore oseća kako zebnja raste, leđa su mu znojava od nelagode. Đulija se pravi da se sprema te ga je ostavila samog. Pokušao je da bude koristan, da odnese dve boce vode iz kuhinje u trpezariju, ali je bio odbijen i poslat u dnevnu sobu.

U džepu pantalona, mobilni mu zavibrira. Zaboravio je da ga ugasi, drži ga upaljenog samo kad mora, nepodnošljiva mu je pomisao da svako može svugde da ga nađe.

Odgovara u pô glasa dok razmiče zavesu s jednog francuskog prozora okrenutog ka velikoj terasi s biljkama u saksijama.

– Salvo. – Njegova mama voli tako da ga zove kad joj nedostaje. – Srećan Božić.

– Zdravo, mama.

– Kako si uzdržan. Kakav je to žamor, gde si?

– Kod Đulije.

– Božićni ručak s porodicom. To je važna stvar.

– Aha.

– Izvini, jasno mi je, ne možeš da razgovaraš. Možeš li da mi je pozdraviš?

– Dobro.

– Pozdravi i njene roditelje.

– U redu, i oni tebe pozdravljaju. Kako si ti?

– Guram, kao obično. – Njegova mama uzdiše, a Salvatore zna da nešto nije kako treba.

– Jel' tata tu?

– Ne, izašao je da se prošeta. Došli su Injacio i Sandra, ostaće nekoliko dana.

– Zašto nisi izašla s njima?

– Umorna sam, nisam bila raspoložena.

– Jeste li se svađali?

– Salvatore! Postao si zabrinut otkako si otišao?

– Izvini, samo mi deluje neobično.

– Nego, kaži ti meni, ali pazi da ne čuju, kako ide. Jesi li zadovoljan?

– Jesam, mama. Mnogo.

– Da znaš da mi je mnogo drago. Nadam se da ćeš postići ono što želiš. Da ćeš ostvariti svoje snove.

– Hvala, mama. Nedostajete mi.

– Kad se vraćaš?

– Ne znam. Nisam ništa planirao.

– I ti nama nedostaješ.
– Idem. Đulijina mama je zvala za sto.
– Prijatno.
– Čućemo se uskoro.
– Salvatore?
– Da, mama?
– Volim te.

Jedna nežna ruka miluje ga po leđima. Njen miris ga natera da se okrene.

– Pozdravlja te moja mama – kaže Đuliji, ozarenoj, u mekom crvenom džemperu koji ističe boju njenih usana.

– Volela bih da popričam s njom.

Porodica se okuplja za stolom. Đulijin otac izigrava poznavaoca i objašnjava sadržaj svakog ovala. Čita etikete na bocama vina, sipa ga teatralno, zauzima scenu između zalogaja.

Razgovor zamire, nastavlja se predvidivim tokovima, sa istim pitanjima i odgovorima kao svake godine, sve dok onaj dečak koji je dobacivao klikere mački ne ispljune masnoću od pršute i kaže „odvratno".

Opšti smeh prati svojevrsno oslobađanje od bednog scenarija. Dečak koristi priliku i posle svakog njegovog negodovanja sledi ustupak, još jedno parče kobasice umesto povrća. Đulijini tetka i teča hvale njegov uspeh u školi, govore o njemu i njegovim vrlinama kao da on nije tu ili je vanzemaljac koji ne razume njihov jezik.

Salvatore mrzovoljno žvaće hobotnicu kuvanu na pari i misli na svoju porodicu. Na svog oca i svoju majku, koji su mladi izgubili roditelje i nemaju ni braće ni sestara. Pita se koliko krv može da ujedini naravi potpuno različite, nepomirljiva mišljenja, da li ljudi moraju imati iste zamisli i načela da bi im bilo prijatno zajedno. Pita se koliko Đulija liči na svog oca i postoje li njene strane koje on ne poznaje, koje je vezuju za one što sede za stolom. Nijanse ili usiljenost.

Đulijina tetka za to vreme priča o dečakovim drugovima strancima. Nabraja pogrešne izgovore, epizode nasilnog ponašanja, nevaspitanje, sve to kao deo nekog utvrđenog spiska. S prezirom izgovara slogove, na kraju rečenice steže zube, dok je dečak gleda i uči razliku između sebe i ostalih, neguje seme mržnje koja će ga pratiti celog života.

Đulijina baka po majci, u čelu stola, sede natapirane kose i s brojanicom oko vrata, obrati se Salvatoreu.

– Vi dolazite sa ostrva, šta nam možete reći o tim hordama varvara? Zar se nikako ne mogu zaustaviti?

Pažnja se odjednom usredsređuje na njega. Držati se po strani bio je jedini način da istrpi ćaskanja i ukočenost. Proguta uprazno, dobro zna šta ne bi trebalo da kaže a šta bi trebalo. Ipak, prvi put može da govori o dečkiću nađenom na žalu, o njegovim belim očima, o iznurenim licima i očajanju. O onome što je video i onome što zna, svestan da čak i sad, na Božić, ima onih koje voda nosi dok zarivaju nokte u natopljeno drvo.

– Bako! – uzvikne Đulija zgrožena.

– Mama, znaš da je osetljiva kad je o toj temi reč. Videla ih je kako umiru. – Đulijina majka se umeša bez topline.

– Trebalo bi vas naterati da odete tamo, okovati vas na plaži kako biste gledali iskrcavanja. – Đulija uzme salatu viljuškom, ali je ostavi na tanjiru odmahujući glavom.

– Da su ostali kod svoje kuće, ne bi bilo problema – kaže tetka dozvolivši sinu još jednu čašu gaziranog napitka da bi u korenu sasekla histeričan plač.

– Uništili su nam ostrvo, morali smo da stavimo kuću na prodaju. A znaš šta nam kažu u agenciji za nekretnine? Da je moramo prodati upola cene. Sramota. – Đulijin otac isprazni jednu bocu vina.

– Država bi trebalo da vas obešteti, trebalo bi da pošalje vojsku da brani naše granice. – Teča pruža podršku kako bi objasnio, kao da već nije jasno, da su jednoglasni, da je Italija napadnuta.

– Ostrvo pripada onima koji na njemu ostaju i onima koji na njega dolaze. A ne onima koji odlaze. – Salvatore govori svojim akcentom naglašenim daljinom.

Đulijin otac se meškolji na stolici, ugojio se i uvlači stomak.

– Kažeš da to ostrvo manje pripada meni nego jednom crncu?

Salvatore najpre klimne glavom, potom kaže: – Da.

Za stolom se čuje negodovanje i smeh prožet nevericom.

– A šta ti radiš ovde? – ne odustaje domaćin.

– Tata, molim te. – Đulija gleda oca i majku.

– Došao sam da vidim Đuliju. – Salvatore prihvata izazov, sedi pravo.

– Ti dakle nisi imigrant, onaj koji krade drugima posao.

– Vi ste imigrant, za slučaj da ste zaboravili.

– Ja sam učio i radio. Sve što imam zaradio sam u znoju.

– Smiri se, on živi tamo, ne može na to gledati kao mi. – Žena mu spusti ruku na nadlakticu. Razmenjuju nadmen pogled koji je više od uvrede, pogled koji izražava materijalno i isprazno dostojanstvo.

– Salvatore – Đulijina tetka pokazuje nožem na njega – trebalo bi da odeš u hitnu pomoć, da uđeš u autobus, prođeš nekim trgom na kojem se okupljaju. Mi nismo rasisti, oni su ti koji ne žele da se prilagode. Nevaspitani su i drski.

– Ostavljaju boce na svakom uglu, opijaju se i spavaju na zemlji – kaže Đulijina mama.

– Problem nismo mi, nego oni – umeša se baka izazvavši opšte odobravanje.

– Čime se ti baviš, dečko? – Đulijina tetka govori tonom socijalne radnice, smeška se pokazujući zube.

– Ribolovom, sa svojim ocem.

– I koliko si zemalja u svetu obišao?

Salvatore pogne pogled, u njegovom tanjiru dva tortelina plivaju u supi. Pomera kašiku, šalje ih na dno.

– Nijednu – odgovori, svestan da je tema iscrpena, ne nalazeći snage da kaže ono što bi hteo, da dobro i zlo nisu tako jasno podeljeni, da ne postojimo mi i oni, već postoje samo ljudi.

Kašljucanje i komentarisanje ukusnog nadeva od mesa i sira oživljavaju razgovor.

Ručak se iznurujuće otegao na više od sat vremena, Salvatore samo potvrđuje, okreće se ne bi li propratio doskočicu nekoga za stolom, steže salvetu ispod stola.

Posle božićnog kolača iz poslastičarnice, suvog voća i kafe, Đulijini otac i teča sednu u fotelje dok žene prelistavaju katalog nagrada za sakupljene nalepnice u jednom supermarketu.

– Izvinite, moram da idem.

Salvatore stoji između stola i sofe, podigne ruku u znak pozdrava i zaputi se ka hodniku.

– Zar je bilo tako strašno? – pita ga Đulija, kolebajući se da li da pođe s njim ili da ostane. Kobno kolebanje, vododelnica.

– Ne znam šta da radim – kaže ona, ponovo postavši devojčica koja se plaši roditeljskog suda.

– Pozvaću te kasnije. – Salvatore je poljubi u obraz i zakopča jaknu.

Iz trpezarije dopiru žamor i zvuk slaganja tanjira.

– Kuda ćeš? – pita ga onaj dečak koji skakućući stiže s parčetom hleba u ruci.

– Kući.

– Na ostrvo?

Salvatore gleda Đuliju, zamišlja onaj hostel tako dalek od lepote ostrva i klima glavom.

– Ako odeš i posle se vratiš, ostrvo je i dalje tvoje? – Dečak je spustio jedno stopalo na drugo.

Salvatore ponovo klimne glavom, s rukom na kvaki blindiranih vrata.

– Ako dođem da te vidim, hoće li biti pomalo i moje?

– Naravno, ostrvo pripada svima koji ga poštuju, bez razlike.

Đulija se kasnije iskrade iz kuće i ode u hostel, ali Salvatore nije tamo. Telefonira mu, ali mobilni mu je isključen. Htela bi odmah da razgovara s njim, da ponovo uspostavi vezu, da ne dopusti da se tuđe reči postave između njih.

Traži ga po ulicama u centru kojima su se do juče šetali, hoda po snegu koji se pretvorio u lapavicu. Razmišlja kako bi, ne nađe li ga, sve moglo biti jednostavnije. Ali ista ona sila koja ju je navela da napiše pismo od dve reči, samo jednu poruku, ne može se ućutkati.

Skup slika se postavlja između nje i racionalnog oblika zaštite. Neznanje ispoljeno cinično između zidova njene kuće ponižava je, ipak veruje da bi joj i samoj, da nije bilo onih leševa i da nije videla tragediju, bilo lako da se prepusti prikladnoj netrpeljivoj retorici. Ne pravda ih, pokušava da razume odnose koji dovode do neprijateljstva među ljudima, koji podižu zidove i zatvaraju vrata sa alarmima i čeličnim zasunima. Pita se koji to nepredvidivi razlozi dovode do podela, do razlike koja je sama po sebi vrednost i do nepoverljivosti, do nemogućnosti da se sa svima slažemo. Do suprotnost između ljubavi i mržnje i njenim brojnim licima. Koji to razlozi dovode u pitanje i njegove snove, fakultet, drugove i samog Salvatorea, beskompromisnog.

Salvatore se gubi među milanskim zgradama, traži izlaz, otvor kroz koji će nazreti obzorje. Neprekidno koči i udara u betonske zidove. Dan se rano gasi, magla se spušta nemilosrdna i sve čini jednakim i jednoličnim. Teret samoće, ožedneli koreni ostali bez vode, treperavi semafori. Glasovi ljudi u redu pred bioskopom, isprekidana večna svetla, plakati koji traže ništa ne dajući. Njegovo putovanje moglo bi započeti sad, sa svesnim povratkom onome što se ostavlja i onom što je ostavljeno.

Ali taj grad je, osim od pipaka, sazdan i od susreta, slučajnosti, mladih koji se traže, preplašeni odlučnošću odraslih. I što je magla gušća, to su susreti verovatniji. A misli podložne promeni nije teško zameniti drugima.

Tako Đulija prestane da misli na svoje studije, a Salvatore prestane da misli na kartu koju treba da kupi. Igraju se ćorave bake ili šapca-lapca, žmurke i osvoji zastavicu, sve dok im se koraci i ruke ne ukrste u jednoj od ulica iza Torinske. Pesnice stežu vlažnu kosu, osmesi zagrevaju zgrčene crte lica. Oboje su se uverili da je lakše naći se nego napustiti se.

– Trebalo je da pođem s tobom – kaže Đulija.

– Sad si tu.

– Plašila sam se da te neću naći.

– Sve vreme sam bio ovde – osmehuje se Salvatore pokazujući na ništavilo oko njih.

– Idemo našoj kući? – pita ga privijajući se uz njega.

– Idemo – odgovori Salvatore uhvativši je podruku.

Produže besciljno ili, bolje, u smeru koji im je pomogao da se susretnu.

U sedam ujutru Đulija kuca na vrata Salvatoreove sobe, on joj otvori lica podbulog od spavanja, bosonog na hladnim jednobojnim pločicama, u izgužvanoj pidžami.

– Koliko je sati? – pita je, tražeći sat na noćnom ormariću punom papira i papirnih maramica. Rastali su se nekoliko sati ranije i napolju je još mrak.

– Iznenađenje! – uzvikne Đulija preglasno.

– Zar nije trebalo da se vidimo u jedanaest na Venecijanskoj kapiji? – uzvraća Salvatore u fazi između buđenja i potpune razbuđenosti.

Đulija uđe i zatvori vrata. Spusti na pod veliku torbu, pruži mu jednu kesu punu odeće i poljubi ga u obraz.

– To je sve mog oca, ali nikad ih ne koristi.

– Šta je to?

– Nepromočiva perjana jakna, pantalone za skijanje i jedne za posle skijanja. Ima i vunenih čarapa, ako hoćeš da ih obučeš.

Salvatore se češka po potiljku, sedne na krevet.

– Idemo na planinu. Prenoćićemo tamo. Svojima sam rekla da idem na zabavu kod jedne drugarice i da ću tamo prespavati.

– Odlična ideja. Sad mogu da me optuže za krađu odeće.

– Ili za otmicu.

– Na to nisam mislio. Kad krećemo?

– Za sat i po imamo voz. Idi da se istuširaš, izgledaš izbezumljeno.

– Voleo bih tebe da vidim. Izvukla si me iz kreveta.

– Jadničak. Ja sam spavala tri sata da bih sve organizovala. Ako hoćeš, ostaćemo ovde.

– Zavisi. Šta da radimo?

– Blesane.

– Šašavice.

– Ti si šašaviji.

– Ne, ti si. Poljubi me.

– Idi da se istuširaš.

– Ili ćeš me poljubiti, ili ću reći tvom ocu da si mi donela njegove dugačke gaće.

– Ucenjivaču! Nema tu gaća.

– Sećaš se da se spremam da te otmem i da moraš da uradiš šta god ja hoću.

– Ako te poljubim, odmah ćeš otići na tuširanje i bićeš dobar dečak?

– Obećavam.

– Onda dobro.

Poljubac je veseo, bezbrižan, provodnik uzbuđenja izazvanog bekstvom, ukusa razotkrivanja i života stvarno proživljenog.

Voz ih vodi od stanice do stanice, sluša njihovo ćaskanje, doskočice. Đulija sedi Salvatoreu u krilu, posmatra krajolik, predaje karte kondukteru koji joj ih vraća sa izvesnom nostalgijom u pogledu, potvrđujući joj koliko je još ostalo do odredišta i kad polazi autobus na koji presedaju.

Autobus iz planinskog mesta pentra se serpentinama, bez primetnog napora savladava snežne puteve gumama s lancima. Putnici su deca iz doline koja idu u škole skijanja.

Mesto se nalazi na hiljadu šeststo metara nadmorske visine, a Salvatore se oseća kao da je na Mesecu. Drvene kuće kosih krovova, snežni zidovi podignuti uz pločnike, planinski vrhovi, moćni i tako blizu, ukazuju se i nestaju u oblacima. Vreme se brzo menja, prepodnevni sneg se povlači pred suncem koje greje lice.

Stan Đulijine porodice nalazi se na poslednjem spratu niske zgrade. Minijaturni škripavi lift jedva zadržava njihovu želju da se oslobode prtljaga. Pale grejanje, iz ostave uzimaju crvene bob-sanke od plastike, ukrašene nalepnicama kupljenim na tezgama ostrvskih pijaca. Oprema koja se njima čini savršenom dok pešače ka žičari.

U čauri gondole, koja ih nosi na tri hiljade metara, blistava belina ih zaslepljuje. S vrhova vetar diže sneg, oštre ivice obrisi su krajolika od kojih zastaje dah.

Po dolasku se udaljavaju od kolibe pune ljudi koji jedu prženo meso i pomfrit ili se sunčaju u laganim majicama i otkopčanim cipelama za skijanje. Izbegavaju staze koje vrve od skijaša sličnih kiborzima, s fluorescentnim kacigama i u kombinezonima. Smeju se početnicima koji ne mogu da stoje na skijama, tobožnjim profesionalcima koji ih prezrivo zaobilaze da bi malo dalje pali na nekoj izbočini, i šampionskim pozama skijaških instruktora zavodnika.

Stižu do staze za sankanje, osunčan brežuljak s roditeljima koji sede na ležaljkama i nadziru decu ne bi li im pomogli ako se prevrnu.

Đulija priča kako je kao mala sanjala da se spušta u bobu zajedno s njim, da idu brže od ostale dece, koja su je uvek pobeđivala.

– To što sam ovde s tobom pomalo je ostvarenje sna.

– Sve ćemo ih pobediti – kaže joj Salvatore namignuvši joj.

– Jedini smo odrasli. Možda je ovo za mlađe.

– Ti si možda odrasla, ja nisam. Idemo.

Uhvati je za ruku pa pređu poslednji deo uspona i stanu na vrh brežuljka.

– Ne znam ni da li ćemo stati. Poslednji put kad sam ga koristila imala sam jedanaest godina.

– Veruj mi.

Salvatore navuče rukavice i kapu, proveri kočnice. Ozbiljan je i spreman za nadmetanje. Stane pored grupe dece koja se spremaju za trku i pita ih može li da učestvuje. Kažu mu da se takmiči udvoje, a on pokaže svoju pratilju, izdeklamuje njeno ime.

Patuljci se domunđavaju i na kraju prihvate. Obeleže startnu liniju i dogovore se da cilj bude na kraju jednog malog kanala.

– Pobedićemo – procedi Salvatore kroza zube vrativši se do Đulije.

– Zar ne bi trebalo da imamo probni spust?

– To su deca! – kaže joj, kao da ga to nužno čini stručnijim.

– Jesi se ti ikad spuštao sankama?

– Šta misliš? Ja živim na ostrvu. Neće biti teško, dovoljno je da se držimo pravca. Uskači.

– Nije tako jednostavno. – Đulija i dalje stoji, a Salvatore se već smestio i postavlja se u aerodinamični položaj.

– Uskači, Đulija!

Deca im dovikuju da se sklone, Đulija posluša.

Padina je, posmatrana sa strane, izgledala manje strašno, odozgo je jasno da je cela zabava u brzini. Salvatore je upro nogama u čvrst sneg, čeka znak za start koji će dati neki ćelavi gospodin koji se smeje zajedno s grupicom majki.

Signal je dat i odmah se ispostavlja da će to biti teška trka. Deca su lagana i lete kao da su usklađeni. Đulija i Salvatore su, posle nekoliko metara, poslednji. Težina im može dati ubrzanje, ali treba im vremena.

– Sagni se – kaže Salvatore, a Đulija ga posluša. Nije više toliko sigurna u svoj san.

Na prvom kanaliću nijedne sanke ne koče i razdaljina ostaje nepromenjena. Na drugom, opasnijem, iza sanki se dižu oblaci snega. Deca su oprezna, previše puta su pala na tom mestu. Salvatore zna da, ako zakoči, neće uspeti da nadoknadi rastojanje.

– Drži se! – dovikne Đuliji, koja kao u usporenom snimku doživljava njihovo preticanje i prelazak u vođstvo.

Nakratko su u vazduhu, odvajaju se od tla i lete dvostruko brže od drugih.

Sleću na cilj, Đulijin crveni bob ujedno se raspada nadvoje, a oni završavaju s licem u snegu.

Đulijin i Salvatoreov smeh do suza nadjačava negodovanje dece koja traže poništenje trke.

– Pobedili smo i niko nam ne može oduzeti tu pobedu – kaže Salvatore deci koja mu okreću leđa i kreću uzbrdo spremna za novi spust.

Đulija uzme ručicu kočnice koja je ispala prilikom udara, lupka se njome po slepoočnici. – Ti si lud – kaže mu ponovo prasnuvši u smeh.

– Imaš li još snova koje želiš da ostvariš? Zato sam ovde.

– Imaš snega u ušima.

– A ti u nosu.

– Hladno mi je, idemo na toplu čokoladu?

– Mislim da smo zaslužili. Žao mi je zbog boba.

– Tako mu je bilo suđeno. Da završi kao šampion.

* * *

Vraćaju se u topao i prijatan stan, detalji od drveta i mermera ukrašavaju sobe. Drvene varjače za pravljenje palente izložene su iznad kamina, porodične fotografije su poređane na policama jedne zidne biblioteke. Hodnik vodi u spavaće sobe, Đulija bez oklevanja ulazi u onu veću, s velikim prozorom koji gleda na planine.

Krevet je ogroman, zastrt perinom koja splasne čim je dodirnu. Vazduh je naelektrisan od iščekivanja, uzbuđenje zbog činjenice da su zajedno sudara se s racionalnom voljom za obuzdavanjem, za rečima koje kao ograda sprečavaju moguće padove i otvaranje ponora.

Ćutke posmatraju svetlost sumraka koja se gasi ostavljajući sve tamnije modre senke. Gube deo po deo odeće, bez žurbe. Đulijine grudi staju u Salvatoreove ruke, ispunjavaju ih, dok dišu sve pliće i ubrzanije. Svaki poljubac je najpre uživanje, a zatim strast. Bezgranično uvećavaju osvojene teritorije, svesni rizika da će ostati bez odbrane.

– Šta ćeš da radiš kad završiš školu?

Salvatoreovo pitanje sustiže je dok leže u kadi, jedno naspram drugog, s kolenima koja izviruju iz vode i smežuranim jagodicama prstiju.

– Ne znam. Volela bih da studiram biologiju mora ili nešto slično. Ali otac mi je već rezervisao mesto na arhitekturi. Poznaje sve na fakultetu i očekuje da krenem njegovim stopama.

– A ti?

– Šta ja?

– Šta misliš o njegovim očekivanjima?

– Mislim da je to zato što me voli, to je njegova želja.

– Problem je u tome što ne govorimo o njegovim, već o tvojim željama.

– A šta ti misliš da radiš?

– Ja? Ja mislim da ostanem.

– Daj, Salvatore, uozbilji se.

– Ozbiljan sam. Misliš da je to toliko besmileno?

– Nemaš posao, nemaš fakultet, kako ćeš se izdržavati?

– Nisam verovao da je toliko uticao na tebe.
– Šta pričaš?
– Plašiš se, eto šta pričam. Plašiš se senki kojima su te opteretili i kojima si sebe opteretila.
– Sklon si osuđivanju. Pojednostavljuješ.
– Samo sam se nadao da želimo isto.
– Ja želim isto.
– Ali?
– Ali možda nisam jaka kao ti. Ili nisam spremna da promenim ono malo sigurnosti. Želim da živim svoj život, ali...
– Nastavi.
– Ne znam.
– Kaži.
– Prestani!
Voda se odjednom ohladi, kada se smanji i postane neudobna. Pogledi se izbegavaju, usredsređuju se na fugne između pločica.
Salvatore ustane i uzme peškir. Đulija sledi njegov primer, stoji naspram njega.
– Hoćeš li me zagrliti? – pita jedva čujno.
Salvatore odbaci nagoveštaj gubitka, pokuša da ne misli na dane posle telefonskog poziva kojim ga je ostavila.
Preskoči ivicu kade, pomogne Đuliji da izađe i zagrli je udišući miris šampona s bademom.
– Budućnost ne postoji. Nemamo izbora nego da živimo u sadašnjosti – mrmlja Đulija u Salvatoreovom zagrljaju, njegove ruke je stežu skoro do bola i ne žele da je puste.

U povratku su u kontrasvetlu utisnute slike onoga što smo bili pre no što smo pošli na put. Gledamo kroz prozor i nerado primećujemo opipljive promene i brzinu.

Salvatore i Đulija sede jedno naspram drugog, nemaju načina da savladaju vreme. Ukršteni koloseci vode unapred određenim putevima, imaju dolaske i perone na koje treba izaći.

Glavna železnička stanica u Milanu je iza njih, ispred njih pravougaoni neboder, stepenice metroa, sajle tramvaja, gomile pocrnelog snega na ivičnjacima i njihovi koraci, smer, poznata mesta na koja stižu bez iznenađenja.

Čekaju zeleno za pešake na jednoj velikoj gradskoj arteriji, među užurbanim ljudima koji uvek imaju nešto da rade, frkću i gledaju na sat.

Njih dvoje se drže za ruke, drugi ne postoje. Sve dok ne naiđu na jednu devojku koja se pozdravi sa Đulijom, kratko je poljubi u obraze i pita je kako je.

Detalji se često ne primećuju da ne bismo pridavali važnost sumnjama i strahovima. Ali Salvatore oseća iznenadno odsustvo Đulijine ruke, rasplitanje njenih prstiju iz njegovih. Delić sekunde u kojem se tajnovitost i stid podudaraju.

Đulija ga ne upoznaje s drugaricom, zuri u nju kao da bi da porekne nevidljivu optužbu. Nelagoda se uvlači u banalne rečenice o vremenu na planini, o Božiću s porodicom, o raspustu koji bi trebalo da traje šest meseci. Kažu jedna drugoj da će se videti na novogodišnjoj žurki i pozdrave se s još dva poljupca u obraz.

Đulija nastavi da hoda, ali Salvatore se ne pomera. Ona se vrati i uhvati ga za ruku, koja ne uzvraća stiskom.

– Šta je bilo? – pita ga izbegavajući njegov pogled. Dok je s rečima lako, teško je obuzdati pokrete tela, ne osetiti grčenje mišića, talas vreline koji se iz tela penje u lice.

– Znaš i sama.

– Ne, ne znam.

– Znaš. – Salvatore navaljuje, sateruje je u ugao iz kojeg ne može izaći sama.

– To mi je školska drugarica. Nisam znala šta da joj kažem.

– Video sam.

– Htela sam da vas upoznam.

– Pitam se da li me se stidiš, da li nešto treba da mi kažeš.

– Salvatore, šališ se?

Đulijin izraz lica preobražava se u gnušanje toliko uverljivo da je natera da okrene leđa i preokrene događaj. Udalji se nekoliko koraka, skoro sigurna da će joj se Salvatore pridružiti i da će njihova sadašnjost ponovo biti stabilna, do sledećeg potresa na obzorju.

I Salvatore joj se pridruži, hoda pored nje, briše ružne osećaje brzinom nekog ko je zaljubljen i ne može ništa drugo do da potisne i zaboravi.

Poslednjeg dana u godini grad je utonuo u teško sivilo u kojem se jedva diše. U četiri po podne mrak izgleda kao da je neko na silu navukao kapuljaču na lica milion ljudi. Salvatore čeka Đuliju, ne ide mu se na žurku, voleo bi da ostane u krevetu s njom i da broji sekunde do ponoći, da sluša vatromet kroz prozor. Oseća zov svog ostrva, krajnju usamljenost koja može da bude prekid ili osvajanje, prirodnu netrpeljivost prema neznancima koji se smeju i zabavljaju i žele da se i ti smeješ i zabavljaš.

Žurka je u kući sina nekog advokata, u jednoj zgradi u centru, s crvenim itisonom u ulazu i portirom koji goste pita kako se zovu i najavljuje njihov dolazak.

Salvatore u liftu posmatra svoju trodnevnu bradu i zeleni džemper, poklon od roditelja. Dobro se oseća, opušten je, siguran da se neće obrukati pored Đulije koja nosi malu crnu haljinu i cipele s potpeticama od dvanaest centimetara na kojima je visoka kao on i tako drugačija od svoje ostrvske verzije da mu se vrti u glavi.

Na vratima stana na poslednjem spratu dočekuje ih sluga koji uzima njihove jakne i uvodi ih u salon koji vrvi od devojaka i mladića. Jedna grupa svira preglasan rok, jedan od njih drnda po belom koncertnom klaviru, drugi peva izvijajući se s mikrofonom u ruci. Na kraju pesme sledi ne baš uverljiv aplauz i kratak dogovor oko sledeće kompozicije. Đulija se pozdravlja s drugaricama, upoznaje ih sa Salvatoreom kojeg dočekuju munjevitim pogledima i odmah zatim ignorišu. Steže vlažnjikave ruke i drži se po strani sa čašom penušca koji pijucka tek da nešto radi. Momci se drže u grupi, razgovaraju o fudbalu, gube zanimanje odbacujući jednu po jednu temu, od novog automobila do izleta na jezero.

Đulija je nepristupačna, ne želi da ga ostavi samog, ali ne bi ni da propusti najnovije tračeve o događajima izvan škole, usredsređene na vest o nekoj devojci iz četvrtog razreda koja je ostala u drugom stanju i o ocu za kojeg se ne zna tačno ko bi mogao da bude.

Salvatore sluša delove razgovora, priđe bifeu i uzme malu mocarelu nataknutu na čačkalicu. Svetla neprekidno trepere kroz prozor, statua Bogorodice na vrhu katedrale izviruje između krovova, brojne saksije na balkonu pokrivene su celofanom da bi se zaštitile od mraza. Slika gušenja koja natera Salvatorea da izađe i udahne.

Hladnoća ga iznenadi, glas neke devojke navede da se okrene.

– Dosadno ti je? – pita ga sa otvorenim vokalima.

– Umereno.

– Sviđaju ti se prilozi? – Devojka se nasloni na ogradu, na njenoj plavoj svetlucavoj haljini odražava se sjaj male svetiljke od kovanog gvožđa koji joj izbledi pogled.

– Draži su mi pridevi. – Salvatore joj ne vidi obrise lica, pomisli kako je ne bi prepoznao kad bi je video unutra.

– Imaš neobičan akcenat.

– Nisam odavde.

– Odakle si?

– S jednog ostrva.

– Aha! Jasno mi je, sa Đulijinog ostrva. S njom si došao, zar ne?

– Da.

– Ti si njen momak tamo?

– Tamo i ovde.

– Ako ti tako kažeš.

– Šta hoćeš da kažeš?

– Zanima te tema.

Salvatore je uzdrman, upao je u zamku radoznalosti. Ugrizao se za usnu ne bi li potisnuo poriv da je ponovo pita.

– Je li ti ikad pričala o Filipu?

– Ne poznajem nikakvog Filipa.

– Ej, pogodila sam te u živac.

– Ledeno je. Ja ulazim.

Salvatore se vrati u salon, ostavi devojku i ne pozdravivši se. Posrće od toplote, temperaturne razlike i misli koje su mu se uskomešale u glavi istom brzinom kojom se komeša taj grad.

Primećuje da ga gledaju, da je divljina ostrva i u njegovom pogledu, da ga prožima u čvrstom stanju, tvrđa od dijamanta.

Pređe preko salona, zaobiđe nepoznata tela, verovatno naviknuta, razmišlja da vide Đuliju u društvu drugog momka.

Potmuli bol dopire s neke neodređene tačke i premešta se iz slepoočnica u grudni koš, vibracija koja gubi takt u odnosu na ostale, koja mu ne dopušta da zaokruži sve sumnjičavije misli.

Đulija ga zatekne pored jednog stuba s prstima u kosi i izrazom lica nekog ko bi sve da porazbija. Uhvati ga za nadlakticu, oprezna, pomiluje ga.

– Jesi li dobro? – pita ga glasom koji jedva nadjačava muziku.

– Jesi li dobro? – odvrati on uzvrativši joj grubim milovanjem, podražavajući njen ton i držanje.

– Pio si? – Đulija se odmakne, zna da se nešto dogodilo.

– Pila si?

– Prestani.

– Prestani ti. – Salvatore se dere nateravši i one koji ih već nisu gledali da se okrenu.

Đulija zuri u njega novim pogledom i s nevericom s kojom gledamo one za koje smo verovali da su drugačiji.

Jedna devojka priđe Đuliji i kaže joj nešto, no ona ne odvaja pogled od Salvatorea i ne obraća pažnju na nju.

– Upoznaj me s Filipom – kaže Salvatore upravo u trenutku kad je muzika utihnula a tišina naglasila njegove reči.

Iako su poslednji slogovi izgovoreni tiše, to ime sustiže prisutne zatekavši ih zabezeknute.

Jedan momak koji sedi na sofi podigne ruku i kaže: – Ja sam. Ja sam Filipo. Ko hoće da me upozna?

Na sebi ima farmerke i belu košulju s dva otkopčana dugmeta. Preplanuo je, plavokos, lažno nemaran. Glomazan čelični sat širok mu je na ruci i sve vreme ga pomera gore-dole dok se smeška i prilazi Đuliji i Salvatoreu.

– Šta misliš da ćeš saznati? – upita Đulija Salvatorea.

– Baš ništa. U tome je problem.

– Ej, prijatelju, evo ruke. – Filipo ispruži ruku sa satom pa se energično rukuje s njim. Potom poljubi Đuliju u obraz.

– Kako si, lepotice? – pita je, obujmivši je oko kukova. – A ti si? – Filipo ne čeka odgovore, ubrzan nečim od čega mu lice sija.

– Salvatore.

– Slušaj koji akcenat. Ti si ostrvljanin, Đulijin prijatelj. Drago mi je što si došao. Mnogo sam slušao o tebi, Đulija je pomalo opsednuta, znaš? – Uzme tri vinske čaše s poslužavnika, jedna mu se prospe pa uzme drugu.

– Moramo da nazdravimo – kaže njima dvoma, ali obuhvativši i one oko njih. – Ljudi! Zdravica za Salvatorea koji je veliki put prešao da bi stigao ovamo. – Filipo podigne čašu, uzvikne „za Salvatorea", praćen trima kreštavim tonovima električne gitare.

Salvatore popije gutljaj penušca, oseća kako ga obuzima vrelina, nije u stanju ni na koji način da reaguje.

Đulija je između njih s poluosmehom koji odaje nelagodu i želi da objasni Salvatoreu da je daljina upravo to, da je njihova sloboda bila cena koju je trebalo platiti.

– Jesi li došao čamcem? – pita Filipo koji je, kao da ga je neko isključio pomoću prekidača, prestao da se smeška.

Uzeo je još dve čaše penušca pa pružio jednu Salvatoreu koji ju je ispustio na pod.

– Vidi šta si uradio. Razbio si kristalnu čašu. Imaš li novca da je platiš? – Filipo se smeje, podstiče drugove tapšanjem koje se širi sobom.

– Idemo – kaže Đulija Salvatoreu.

– Za ostrvljane koji zauzimaju grad i misle da mogu da nam otimaju devojke. – Filipo se smeje još glasnije, nazdravlja sa ostalima, oživljava zabavu.

– Ti se sa ovim viđaš? – Salvatore se napokon oslobodi i odbije Đulijin pokušaj da ga udalji.

– Imaš nešto protiv? – Filipo slegne ramenima pa izvije vrat kao petlić u svom kokošinjcu.

– Salvatore, molim te. Idemo. – Đulija ga gleda molećivo, ali ne vredi.

– Takva je Đulija, ponekad je moja devojka, ponekad je devojka nekog drugog, leti je čak tvoja.

– Ti si običan seronja – plane Đulija dok dlanovima gura Filipa ne pomerivši ga ni za centimetar.

– Nekada ti se to sviđalo – odvrati Filipo, uhvativši je za rame.

– Boli me – kaže Đulija, iznurena, pre nego što Salvatore odluči da se umeša i odgurne Filipa ne bi li je pustio.

Bore se nekoliko sekundi, dovoljno da se pokida dugmad na Filipovoj košulji i da on izbegne šamar. Dvoje slugu ih razdvoji, ostali traže od Salvatorea da ode.

Salvatore čeka u predsoblju da mu donesu jaknu. U salonu je počelo odbrojavanje do ponoći. Filipovo i Đulijino društvo više i ne zna ko je Salvatore i koje je, ako su ikad i znali, njegovo ostrvo.

– Ti ostani – kaže Đuliji, gledajući na drugu stranu.

– Već si presudio? Osuda je tvoja jedina, nepopustljiva odluka? – Đulija se pomeri ka njegovom pogledu. U njoj je neka nova odlučnost, posledica odrastanja u iščekivanju.

– Čini mi se da mnogo toga ne znam.

– Možda zato što ti ono što znaš nije dovoljno. Nisu ti dovoljna moja pisma, moje reči.

– U tvojim rečima nema cele istine.

– Gde misliš da je istina? U danima koje smo proveli zajedno, ili u glupim danima u kojima pokušavam makar na sekund da prestanem da mislim na tebe?

– Izgleda da ti uspeva. – Salvatore pokazuje senke koje se lelujaju iza vrata s mat staklom. – Jesi li uspela?

– Da, ali to nema nikakve veze.

– Jesi li ga poljubila?

Đulija se ukoči na potpeticama, spremna noktima da se brani.

– Da, događalo se – odlučno odgovori, sigurna da ona i Salvatore žive na nekom drugom spratu, podignutom sa strašću, neosvojivom spolja, iz života koji se okreće oko njih. Neranjivim pred mladošću, pred iskušenjima, pred greškama.

Salvatore podnese udarac, suvih usta, a odbrojavanje sekundi do Nove godine slično je odbrojavanju do izvršenja smrtne presude ili do planiranog rušenja.

– Jesi li bila s njim? Jesi li vodila ljubav s njim?

– Ljubav vodim samo s tobom.

– Jesi li bila s njim? Sa onim nesrećnikom sa satom nekog makroa?

– Jednom – izjavi Đulija. – Jedan jedini put, koji ništa ne znači.

Salvatore u mislima oduzme poslednje sekunde. Pet, četiri, tri, dva, jedan.

Praštanje, zagrljaji, čepovi od šampanjca odskaču ka njima.

Salvatore uzme svoju jaknu i obuče je, otkrivši da je lagan, a ta lakoća je sazdana od odsustva, od pražnjenja iznutra.

Izađe na odmorište i pozove lift.

Đulija je prekrstila ruke, iz stepenišnog otvora dopire ledeni vazduh.

– Nemoj da ideš sâm. Sačekaj me.

– Biće još prilika. Sad idi da se zabavljaš. – Salvatore se ne seća šta je rekao sledećeg trenutka pošto je to izgovorio. Okrene joj leđa dok se ljubav zariva u njega.

– Volim te. Samo tebe. Volim te.

Đulija gleda kako se lift otvara i Salvatore nestaje. Drhti, dok shvata da najmoćnije reči koje je mislila da ima i da može da izgovori nisu izazvale nikakvo dejstvo, odbačene su, učinjene bezopasnim.

Salvatore i grad koji slavi, sa ulicama preplavljenim ljudima, s maglom koja zbunjuje i, pre svega, vremenom koje bezobzirno prolazi. Ruke u džepovima, podignuta kragna, hitar korak.

Slike Đulije koja svoju prisnost izražava s drugima za Salvatorea su mrlje od katrana koje zagađuju njegov lični raj. Tamo gde je ranije bila istina sad je crna rupa.

Ali u trčanju do hostela, u suzama koje pokušava da zaustavi u onom turobnom sobičku, između gneva i trenutnog slepila, rađa se i raste seme racionalnosti. Iz ruševina možeš izaći snažniji, možeš naučiti da budeš manje strog prema sebi i drugima, naći zajedničke tačke dotad nepoznate. I mada Salvatore to ne želi, ne može ni da razmišlja o tome, zna da Đulija nije toliko kriva, da nisu razgovarali o tome jer su znali da se može desiti jednom ili drugom, da je život u iščekivanju iznurujući, da je popustiti i potražiti nekog racionalna reakcija.

Đulija ostaje na žurki, ali kao da je nema, pije penušac i koktele, govori „srećno“ i brizne u plač, grli bilo koga da ne bi grlila sebe. Zahvaćena je vrtlogom samosažaljenja zbog kojeg pleše, vrti se, pada, povraća. Đulija prestaje da misli jer čim se prepusti vidi Salvatorea koji nestaje u liftu i shvata da ono što oseća više ne vredi i da je bez toga što oseća niko i ništa. Zaspi na jednoj sofi i probudi se u podne zajedno sa ostalima, izobličenima. Popije kafu s nogu, potom se pozdravi i siđe istim onim liftom koji je odneo Salvatorea, gleda svoje podočnjake u ogledalu, ubeđena da će sve to proći. Kad izađe u sunčan i vedar dan i zaputi se ka hostelu, ne zna da je kasno, da su njene nade ostarile na prelazu jedne u drugu godinu, i da bi joj za odbrojavanje trebao čitav život.

U osam ujutru neko lupa na vrata kao da je kraj sveta. Udarci su odlučni i uporni. Salvatore se budi svestan da ga ne traži Đulija, da bi ona kucala nežno, izvinila bi mu se i zavukla se u krevet s njim.

Zavuče glavu pod jastuk, ali onaj ko je ispred vrata kao da se ne predaje.

Ustane, navuče farmerke i otvori.

Đulijin otac stoji na pragu, izgleda kao čovek koji nema dobre vesti. Zgrabi ga za ramena krupnim šakama. Salvatore pomisli da bi ovaj da ga premlati, optuži za neku nesreću koja se Đuliji dogodila tokom noći.

– Ti i Đulija bi trebalo da naučite da držite mobilni uključen.

– Đulija je ostala na zabavi – kaže Salvatore, ne da bi se opravdao, već da bi sredio misli i ostavio vremena teškom buđenju.

– Zvao me je tvoj otac – kaže čovek, koji ne prestaje da ga drži, štaviše, čini se da ga pridržava.

– Ne razumem – odvrati Salvatore, u očima mu je more, ostrvo, njegovi roditelji, migranti.

– Tvoja majka. – Stanka duga koliko i strah da ostanemo sami koji raste od malih nogu. – Sinoć je umrla. – Cela rečenica je, neopozivo, uglavljena u prošlo vreme iz kojeg nema povratka.

Salvatore se izvije iz stiska, bori se sa stvarima, podnosi težinu tavanice, cele zgrade, grada koji ga ne želi. Pripisuje krivice, oseća odgovornost, priseća se telefonskog razgovora na Božić, umornog glasa svoje majke, kako ništa nije rekao ni učinio, iako je naslutio da je pokušala da ga upozori.

Njegove majke više nema. Nema njenih milovanja, života u njenim očima, očeve ruke u njenoj. Ostaju slike, prolazne kao vazduh koji izbacuje u dahtajima, dok pada na kolena, a prazninu u njemu ispunjava bol.

U tom trenutku shvata da više neće videti Đuliju, da su njihove sudbine, ukrštene jednom davno na Rtu Kaladrita sa svetiljkom s venčanja bile samo dečja igra. Prelepa zamisao, plod mašte i uzrasta u kojem si jednostavno i spontano ono što želiš da budeš.

Susreće pogled Đulijinog oca i primećuje, ispod užasnutosti, isto saznanje, spokoj pobede.

Na podu sobe u hostelu Salvatore noktima iscrtava trag sačinjen od suza i gubitka. Potrpa stvari u kofer, umije se, uključi mobilni i pozove svog oca.

Kratak razgovor, pitanja i jednosložni odgovori. Zasićenost jedne niti dugačke hiljade kilometara, nemoćne da pruži utehu i makar malo topline.

– Idemo – kaže Đulijin otac, koji je auto ostavio na ulici, sa upaljena sva četiri žmigavca.

– Hoću da idem kući – izjavi Salvatore trudeći se da ne iskida reči.

– Znam. Idemo na aerodrom. Ideš prvim letom.

Sedišta u automobilu su meka, grad brzo promiče kao u nekom muzičkom spotu, zvučna izolacija stvara nesklad između onog unutra i onog napolju koji se uklapa u Salvatoreova osećanja.

Aerodrom liči na kutiju s visokom tavanicom, jarko osvetljen, ispunjen brojevima i imenima dalekih mesta. Đulijin otac se kreće ležerno, bez oklevanja ide ka šalterima avio-kompanije, iz džepa vadi kreditnu karticu i plaća kartu u jednom smeru. Objašnjava Salvatoreu procedure, nosi mu kofer da ga preda, prati ga do kontrolnog izlaza i ostaje s njim sve dok se ne potvrdi vreme polaska.

– Mnogo mi pozdravi oca. Prenesi mu saučešće naše porodice.

– Hvala na karti. Vratiću vam novac.

– Nemoj misliti na to.

– Misliću.

– Kako hoćeš. Ali ne verujem da ćemo se ponovo videti, bar ne na ostrvu.

– Naći ću način.

– Pozdraviću ti Đuliju.

– U redu.

– Čuvaj se.

Salvatore ostane sâm, zatvara jedna za drugim nevidljiva vrata, pognutog pogleda, društvo mu prave vrhovi patika izgrebani od peska. Ode u toalet, dođe mu da zaplače u jednoj od sivih prljavih kabina, ali se odupre i zaustavi suze da ne bi protraćio bol okružen zujanjem ventilatora i automatskih vodokotlića.

Šmrkne, podigne pogled i preda kartu stjuardesi. Avion grmi po pisti, juri brže nego što je Salvatore ikad u svom životu trčao, a on steže naslone za ruke i gleda napolje dok uzleće ne bi li otišao daleko, ne bi li se vratio pošto je izgubio i pošto se izgubio.

U hostelu joj kažu da je Salvatore otišao, da je ostavio još jednu nedelju plaćenu i da nije uzeo depozit. Đulija je, na pločniku, i dalje uverena da će se sve srediti, da će odjuriti na stanicu i zaustaviti Salvatorea trenutak pre nego što uđe u voz. Koliko puta se to desilo u filmovima, koliko je srećnih završetaka sa zagrljajima i radošću. S druge strane, kad je bude pogledao u oči, shvatiće da neki drugi momak, druga iskustva, nikad neće moći da se uporede s njima dvoma, da ga nije lagala i da to što nije ispričala nije važno, da je dokaz i nemilosrdno poređenje. Kao u knjigama koje su čitali i razmenjivali, gde je ono što je važno izgovoreno u nekoliko rečenica i nadilazi ostalo.

Mobilni joj vibrira u džepu vunenog kaputa. Zgrabi ga i razočara se kad vidi da je to njen otac. Ne javi se, brzo hoda ka metrou. Ali telefon ponovo zavibrira čim je prestao. Upornost koja ne liči na njega, neuobičajena briga i loše predosećanje.

– Halo – odgovori zadihana, već na stepenicama ispred crvenog natpisa koji označava stanicu Duomo.

– Đulija, napokon. – Glas njenog oca stiže prigušen zujanjem u pozadini.

– Srećna Nova godina – kaže ona bez poleta, kao da mu je rekla dobar dan i zdravo.

– Gde si? – otac ne uzvraća na čestitanje.

– Ulazim u metro.

– Idi kući.

– Zašto?

– Idi i čekaj me tamo.

– Jesi li ti to u autu?

– Da, vraćam se s *Malpense.*

Neki nepredviđeni scenario u Đulijinom umu natera je da se nasloni na oguljenu stepenišnu ogradu.

– Šta si uradio? – pita optužujućim tonom, žmureći u iščekivanju odgovora koji ne želi da čuje.

– Odvezao sam Salvatorea na prvi let.

Đuliju izdaju noge, mora da otvori oči da bi se setila gde je i kuda se uzalud zaputila. Nema više slika zagrljaja, nema stare kamere da snimi nju i Salvatorea na peronu.

Dovoljan je trenutak da joj se talas besa popne iz stomaka i ispuni joj glas.

– Zašto? Kako si se usudio?

– Čekaj, Đulija. Čekaj. – Njen otac je uzrujan u autu, hteo je to da joj kaže kod kuće, u stabilnijim okolnostima.

– Kako se usuđuješ? Misliš da će ti vredeti to što si nas udaljio? – Đulija viče u mobilni prislonjen na usta. Prolaznici je popreko gledaju i produžavaju, ravnodušni, u novu godinu.

– Đulija! – viče njen otac lica okrenutog ka mikrofonu u autu, dok na auto-putu pretiče par koji ga zabrinuto posmatra.

Đulija se zaustavlja, nadvladana suzama.

Otac uspeva da izgovori: – Đulija, slušaj me. Umrla mu je mama.

Kratka tišina zamrzla je razgovor kao gomile crnog snega pored Đulije i na nepomičnim poljima koja auto-put dele nadvoje.

– Šta si rekao? – Đulijin glas je glas devojčice.

– Odveo sam ga na aerodrom zato što mu je sinoć umrla majka.

– Nije istina.

– Žao mi je.

– Ne može tako da se završi. Moram i ja da idem. – Đulija se prene, steže pesnice u istom trenutku u kojem ih Salvatore steže dok avion uzleće.

– Ulazim u Milano. Kaži gde si da dođem po tebe.

– Na Trgu Duomo.

– Sačekaj me, stižem.

U automobilu njenog oca je toplo, vozi je kući, u zagrljaj njene majke, u njenu sobu, gde je plakala koliko joj je Salvatore nedostajao i gde plače jer ne može da bude uz njega sad kad mu je potrebna, sad kad je kamena gromada koju su mogli da pomere duvajući u nju postala beton na stopalima.

Leto je daleko i ne zna se da li će se vratiti

Salvatore vidi ostrvo odozgo, tačku u moru okruženu neumornim zimskim talasima, naoko nepomičnu. Prepoznaje oblik i boje, kao što se mogu prepoznati crte voljenog lica, sve bližeg.

Kockarski sto počišćen maestralom, sa zemljanim drumovima, mesto na uzvišenju s rasutim kućama i plavim bazenima privatnih vila. Jedan seljak u povrtnjaku podiže glavu da pogleda avion i rukom na čelu štiti se od sunca. Luka sa čamcima obalske straže, ograde, šatori i kontejneri centra za razvrstavanje izbeglica. Crkvena zvona koja odbijaju sate. Nema nijednog deteta opruženog da pozdravi na obodu piste, zato što je leto daleko i ne zna se da li će se vratiti. Sparušeni borovi koji bezmalo dodiruju trup aviona, zrna peska koja se valjaju po prozorima i udar točkova o asfalt, dodir s tlom, trenje i doček.

Salvatore se vraća u svoju sobu i zatvara telefon u fioku. Želi da preseče veze, da ostane sâm, oseti težinu i teksturu tela i predmeta.

Njegova majka je u spavaćoj sobi, izložena pogledima onih koji su je poznavali i koji su je voleli, ali i onih koji nisu znali ko je bila i došli su reda radi.

Njen muž, Salvatoreov otac, sedi pored nje, kao što je sedeo celog života, brani je od nasrtljivosti, prima pozdrave, poljupce, nežne dodire. U njegovim beskrajnim uzdasima očigledan je trag izgubljenosti, tla koje ga podržava, ali je ponor pod nogama.

Kad se spustilo veče, zazvonio je kućni telefon. Toliko neočekivano da zvonjava podseća na uzbunu za vazdušnu opasnost, udar koji je prepao starice i nasmejao dva mala brata koja su se naslonila na dovratak ulaznih vrata, čekajući roditelje da izjave saučešće.

Na ostrvu niko ne telefonira.

Telefon je sinonim za kopno, a za Salvatorea telefon može da znači samo Đulija, koja krši njihovo staro pravilo da ne telefoniraju jedno drugom.

Sišao je niza stepenice, klimanjem glave odgovarajući na pozdrave i tapšanje po ramenu prisutnih pa podigao slušalicu s telefona, koji se nalazi u kratkom hodniku između kuhinje i dnevne sobe.

– Halo. – Nema vrata da ga oslobode kradomičnih pogleda i načuljenih ušiju.

– Salvatore, žao mi je. – Đulijin glas nikad nije bio tako dalek. Prigušen šapat, bol koji, koliko god bio iskren, ostaje utisnut u mikrofonu. Ne može da izađe, raširi se, pomogne.

– Hvala. – Salvatore razvlači gajtan koliko god može, naslanja se na kuhinjski zid, rukom zaklanja mikrofon.

Priseća se Milana i ništa mu ne pada na pamet.

– Volela bih da sam tu. Volela bih mnogo toga da ti kažem. – Đulija se kreće, možda hoda. Salvatore je zamišlja sklupčanu na ormaru, s tavanicom odmaknutom nekoliko centimetara i osećajem da nikud ne može da mrdne.

Ne govori, sluša, čeka da se te reči preobraze i postanu stvarnost. Želi to i što više želi, više ga boli. Ne može da zaustavi tugu, nije mislio da će mu biti potrebni toliki nasipi.

– Bila mi je draga – kaže Đulija.

– Znam. I ti si njoj bila draga. – Salvatore je pognuo glavu, dok u drugoj sobi neki gospodin kija i duva nos. Neko je ušao u kupatilo, čuje se voda u cevima.

Đulija bi mogla da kaže mnogo toga, da obećava, izbori se za oproštaj, ali poznaje Salvatorea i ćuti, upija vrednost te tišine, pritiska telefon uz uvo kako bi čula njegovo disanje.

– Mogu li da ti pišem? – To je njena jedina molba, raširenih ruku, spremna da bude zagrljena ili odbačena.

– Da.

Jedno da koje oduzima snagu Salvatoreu te spušta slušalicu na policu i traži utočište u mraku kuhinje. Gde može da padne na kolena, sâm.

* * *

Njegova majka je umrla u krevetu u kojem je spavala duže od dvadeset godina. Iz noći u noć, do poslednje. Nije joj bilo dobro više od mesec dana, analize krvi uzbunile su porodičnog lekara koji je savetovao dalje preglede i invazivna ispitivanja. Njegova majka je odbila, rekla je lekaru i mužu da, ako ostrvski vetar treba da je odnese, onda je tako i nijedno ispitivanje to neće sprečiti. Rekla je kako oseća da će se dogoditi nešto neopozivo, plašila se, bio je to nerazuman strah od bolnica, od putovanja u Palermo ili u Rim, plašila se priča prijateljica osakaćenih operacijama kojima su im uklanjali nepobedivi rak. Htela je da izabere, da sačuva fizičku i mentalnu celovitost, htela je da bude kao žene koje su naseljavale ostrvo, o kojima su joj majka i baka pričale. Žene sposobne da se same suoče sa surovostima i razočaranjima, hrabre i skromne. Poslednjih dana je govorila mužu da je bila srećna, da nije želela ništa više od onog što je imala.

Kažu da se nije mnogo mučila, da su joj bolove ublažili lekovima, da je tog poslednjeg dana stare godine jednostavno otišla da spava u sedam uveče jer je bila mnogo umorna, da je poljubila muža za laku noć i više se nije probudila.

Tako kažu ostrvljani dok prave lanac koji izlazi iz centra mesta i prenosi kovčeg koji prate Salvatore i njegov otac. Dve prilike koje su se smanjile pod onim što se dogodilo, zatvorene u sebe kao puževi u kućici.

Raka u zemlji crnoj i tvrdoj, užad koja se spušta, cigle i beton kojima će se zapečatiti ispoštovani sporazumi, prekinute veze. Materijalni simboli jednog pozdrava koji nije ništa drugo do kraj.

Prijatelji se okupljaju oko ožalošćenih, traže i pružaju ruke, na nekoliko sati zaboravljajući na svakodnevne obaveze. Pripremljeni za poznate i utešne obrede u kojima svako zna svoju ulogu.

Kuća je čaura i blago, zaštita i odsustvo. Salvatore i njegov otac se sklanjaju u nju ne zamišljajući značenje koje svaka uspomena nosi sa sobom. Nepripremljeni na tišinu i odsustvo gestova koji nedostaju i koji su uzimani zdravo za gotovo. Kuća s malo svađâ i malo vike, poznate sobe, staloženi mir dobro iskombinovanih elemenata. Dve trećine. Ne više jedno celo, nešto što je bilo celo, a sad je načeto.

Prvih dana susetke su donosile ručak i večeru. Pokucale bi nenametljivo, ušle i pružile tople tepsije. Brinule su o njima, pokušavajući da ublaže odvojenost sačinjenu i od praktičnih radnji i onih koje se ponavljaju. Jesti, čistiti, peglati i kupovati.

Ritam usporava, proširuje dane na besana jutra u krevetu, na popodneva sazdana od sekundi koje izbijaju, jedna za drugom, hiljade njih, i na večeri u kojima gledanje u oči povećava rastojanje, stoga valja odvratiti pogled.

Smrt na ostrvu nije više redak događaj. Migranti je nose u očima, u lučkim skladištima poređani su drveni kovčezi spremni da budu iskorišćeni posle sledećeg brodoloma, a jedno pogrebno preduzeće s kopna otvorilo je ispostavu u prostorijama restorana zatvorenog zbog stečaja. Ostati u kući ili izaći na uličice, ne menja mnogo, koraci se vuku, leđa su povijena, osmesi usiljeni.

Nastaviti uvek predstavlja izbor, čak i kad se čini da je nemoguće birati.

Prvih meseci navike odolevaju, tkaju zaštitne cerade oko Salvatorea i njegovog oca. Odupiru se udarima, ublažavaju talase tišine i posete groblju. Ostrvo usporava zajedno s njima, žitelji izlaze na prolećno sunce da razgovaraju o oporavku i letu.

More i čamac su tačke oslonca kojima se vraćaju kako bi našli potvrde. Salvatore i njegov otac naporno rade, napolju su od jutra do kasne večeri, love više ribe i prodaju je po smanjenim cenama hotelima koji spremaju tople obroke za vojsku.

U luci čiste mreže sa sporošću koja ih podseća na to da ih kod kuće više niko ne čeka. So na koži i nosu taloži se među čaršavima neraspremljenih kreveta, u prašnjavim naborima.

Đulija, Milano, budućnost zamrzli su se tokom zime, napuštene su teme, tamo gde treba da imaju osnovnu funkciju reči su svedene na gestove i izraze lica, na složene privide s kojima se treba izboriti.

Potom Salvatoreov otac klone, doživi iznenadni pad bez upozorenja. Salvatore ga zatekne u kuhinji, na podu, kako gorko i neobuzdano plače.

Pogled na oca koji plače trauma je od koje mu zaškripe kosti, dok nespretno pokušava da ga podigne i posadi na stolicu. Ukočeno i teško telo, ruke i noge koje odbijaju njegovu pomoć i na kraju iskrene reči: – Odlazi. Pusti me. Odlazi.

Salvatore odustaje, sluša frekvenciju patnje koja bi trebalo da je i njegova, koja kao hladna voda zapljuskuje naježenu kožu. Izađe iz kuće i sedne ispred lakiranih vrata. Zidovi bi mogli i da se smrve pod onim što je ostalo od njihovog života.

Sati prolaze, sve dok njegov otac ne otvori vrata i ne kaže mu da uđe.

Uđu u kuhinju, kao brodolomnici se naslanjaju na nameštaj i sto. Na šporetu ključa voda u loncu, paradajz i luk se prže, od čega im krči u stomaku.

Oči njegovog oca cakle se dok ga gleda.

– Spremam testeninu koju je mama pravila.

– Lepo miriše – kaže Salvatore ispuštajući vazduh koji je dugo zadržavao.

– Da postavimo sto? – pita oca, koji otvara fioke, uzima pribor a zatim i čaše.

Salvatore prvi put otkriva polovinu koja nedostaje, nevidljivu liniju koja je raspolutila njegovog oca ne ubivši ga. Vidi je jasno i oseća njeno dejstvo na sopstvenom telu.

– Špagete ili kratka testenina?

– Špagete.

– Jesi li gladan?

– Ne mnogo.

Njegov otac se okreće dok izručuje polovinu pakovanja testenine u vodu.

– Moraš da jedeš. Treba da rasteš – kaže njegov otac uz osmeh, ponavljajući reči koje mu je govorila majka.

Salvatore sedne i sipa vino.

Testenina je ukusna, kuvana *al dente*, s mirisnim paradajzom iz povrtnjaka i maslinovim uljem koje pravi jedan sused.

– Mislim da ću prestati da radim – kaže njegov otac pošto je obrisao usta salvetom. – I mislim da bi ti trebalo da odeš, da stekneš iskustvo, oslobodiš se ovih međa. Pametan si momak, a ovde te ništa ne drži.

– Ti si tu – brzo će Salvatore.

– Ja starim i prija mi da budem sâm.

– Nemam kuda da odem.

– Ne želim da te teram. Treba da razmisliš. Posao se sveo na mučenje. Naš čamac je premali za sistem, trgovci na veliko koji dolaze s kopna traže velike količine ribe. I sâm si video da nam se od prošle godine više niko nije obratio.

– Znam. Prodajemo sve za sitniš – priznaje Salvatore. – Ali mogao bih nešto da smislim.

– Mogao bi ponovo da razmisliš o fakultetu. Tvoja mama i ja, kad smo se venčali, uzeli smo polisu životnog osiguranja. Ona je to htela, govorila je da bi nas to moglo spasti ako ostanemo sami.

Salvatore sluša tu novost bez iznenađenja, majka mu je ranije pričala o tome.

– Ja ostajem. Za nas. – Nazdravlja prislonivši čašu očevoj, prepoznavši u njegovim očima ponos zbog teškog izbora.

– I reći ću ti još nešto – doda Salvatore – već znam šta ću da radim. Vodiću turiste u obilazak ostrva.

– Turista je sve manje – odvrati njegov otac.

– U luci, leti, uvek ima nekog ko čeka da napravi krug čamcem.

– To je tačno. Ali zimi?

– Zimi ću učiti, radiću ono što budem želeo. Uvek si me učio da novac nije važan, a ja ću se zadovoljiti onim što budem imao.

– Dobar si ti momak.

– A ti si dobar otac.

– Postajemo sladunjavi.

– Da se prošetamo?

– Kao što je volela mama?

– Kao što je volela mama.

Poštar pretura po kožnoj torbi okačenoj o guvernal bicikla. Kad ga je našao, njegovo zadovoljstvo dokaz je da je Đulija bila u pravu, da poštari u celom svetu naročitu pažnju poklanjaju pismima u ružičastoj koverti.

Salvatore više ne trči u sobu nestrpljiv da ga pročita. Premeće kovertu u rukama, bockajući zglavke njegovim temenima. Posmatra adresu pošiljaoca, slova koja čine reč Milano, pa se zaputi izvan mesta. Sedne na nizak kameni zid koji vodi ka visoravni i pušta da prsti, malo-pomalo, pobede otpor lepka.

Đulija dobija različita obličja, čas je pesma, čas citat iz nekog romana. Ponekad priča o sebi, o izboru fakulteta koji je pao na arhitekturu, kako je želeo njen otac. Piše kako stvari ne idu uvek onako kako bismo hteli i da su njih dvoje primer za to. Ne traži odgovor, njen fin rukopis podjaruje vatru i guta kiseonik.

Salvatore sedne za sto, stavi beli papir na drvenu površinu, ali nijednu rečenicu ne može da odvoji od misli. Želi samo da bude sâm, i ne bi da o tome priča. Uzme papir i zgužva ga, raširi ga na stolu pa ga ponovo zgužva. Pomišlja da joj ga pošalje, da prepusti njoj da ga ispuni onim što je ostalo. Pomišlja da joj telefonira, ukucava broj na mobilnom, ali ga ne dovršava.

Nasloni se na stolici, ugasi svetlo i zažmuri.

Ravnoteže se menjaju, ukazuju se zaokreti i nove perspektive ka kojima treba gledati i prilagodljivost koju nije znao da poseduje. Ljudi se navikavaju na najraznovrsnije okolnosti, u stanju su da iznenade sami sebe, da otkriju različite pragove bola, načine reagovanja.

Tako Salvatore i njegov otac izađu iz svog skrovišta i primete da ih sunčev sjaj ne plaši i ne peče. Vraćaju se na ulice svog mesta, među stare poznanike, koji ih umesto sažaljivo sad posmatraju znatiželjno. Kupuju hleb, voće, idu u kupovinu u supermarket lišeni tereta koji im je pritiskao glavu, svesni gubitka, osnaženi njime. Okreću stranicu ne zaboravljajući s prethodnih nijedan red.

Salvatore ide u luku, prodaje deo mreža i pribora, preuređuje čamac, olakšava ga, pravi mesta za sedenje, presvlači ih gumom, kupuje pojaseve za spasavanje. U opštini obavlja formalnosti kako bi dobio dozvole i licencu, svađa se s birokratama i plaća unapred veći porez nego što se očekuje da će zadužiti zaradom preko leta.

Njegov otac izlazi rano ujutru i umesto da siđe ka moru penje se ka visoravni. Privučen zemljom, čvrstinom koja mu omogućava da stoji na nogama. Hoda s beretkom na glavi i s rukama na leđima, šutira kamenčiće sa staze kao što je to radio kad je bio dete, prolazi kroz raskršće s putokazima za sportski centar i supermarket. Zaustavi se na Starom polju, gde su arheološka iskopavanja otkrila rimski istureni položaj, popije gutljaj vode iz čuturice, napaja se prostorom koji umiruje.

Beleži nešto u sveščici, krupnim koracima premerava među zemljišta izloženog suncu i zaštićenog od široka. Daje ponudu vlasniku koji je prihvata bez pregovaranja.

Kad saopšti vest Salvatoreu, primetno je uzrujan. Biti vlasnik zemlje odgovornost je koju ne sme izneveriti. Proučava metode biološkog uzgoja, i po uzoru na povrtnjake svojih dedâ sadi paradajz, kapere, mahunarke, poneku smokvu, tri pomorandže, jednu breskvu. Radi istrajno, ponosan na prve izdanke, radom ispunjavajući misli, pronalazeći sebe.

Salvatore posmatra turiste koji se iskrcavaju iz trajekta s foto-aparatima oko vrata, znatiželjni pred tim ostrvom na granici. Relativni mir omogućava meštanima da se pregrupišu, ponovo otvore lokale koje su u jesen zatvorili, da izlože robu i slatkiše u izlozima.

Niske cene privlače goste, te Salvatore radi od jutra do mraka. Ne brinu ga veliki turistički čamci s klima-uređajima i vodičima poliglotama, on proučava mapu sa svojim klijentima, nudi personalizovane izlete. Voli da prepričava istoriju svog ostrva, da priča anegdote prenošene s kolena na koleno, obećava fotografije s delfinima i posetu centru za oporavak kornjača, da vidi očaranost pred morskim krajolicima i veličanstvenim liticama. Trpi gospođe koje ga pitaju ima li devojku i smeju se raskalašno doskočicama muževa svojih prijateljica, gospodu koja po svaku cenu želi da plovi što bliže obali ili što brže, navikla na neprijatna gradska pravila, željna da ih se oslobode makar na odmoru.

Nedostaje mu da isplovi sâm, da ode na pučinu, uljuljkuje se u mislima i sjedini se sa strujama i vetrom. Čeka završetak sezone dok na čamcu, nakon poslednjeg popodnevnog obilaska, broji novac i ostavlja ga sa strane za zimu.

Kod kuće, Salvatore i njegov otac sastaju se umorni ali spokojni. Svakog dana su za nijansu drugačiji i našli su način da jedan drugom budu podrška, svaki sa sopstvenim ritmom i sopstvenom lišenošću.

Svaka žalost i svaki gubitak s vremenom iščezavaju u senku, koja prati ali ne može da naudi.

Đulija je tu. Na Rtu Kaladrita kad zađe sunce, u očima neke devojke koja ga gleda na pristaništu i u zadihanosti posle trčanja između grmlja i kamenja. Tu je i u pismima s ružičastom kovertom koja neumorno stižu, mada s razmakom od nekoliko meseci, bez nade koja bi se podrazumevala, s rasutim mislima, sidrima bačenim u beskrajna prostranstva.

Tu je i njegova majka. U špagetima sa svežim paradajzom i bosiljkom koje njegov otac sprema svaki drugi dan, u odeći koju susetka pegla u zamenu za povrće iz njihove bašte, u sveže opranim čaršavima koje je Salvatore naučio da prostre i savije, u poslednjim šustiklama za koje se ponovo raspituje neki zadovoljan turista. Njegova majka, koja bi bila ponosna kad bi videla kako se snalaze, kad bi videla da su pronašli ravnotežu pošto im se srušio raniji život, zalivajući osušeno korenje koje se učvršćuje u zemlji i ponovo raste.

Jednog jesenjeg jutra, kad se njegov otac vratio iz povrtnjaka s povrćem u papirnoj kesi, Salvatore je odlučio da uđe u kancelariju koju je opština stavila na raspolaganje volonterima kad su se s prvim iskrcavanjem pobrinuli za pomoć migrantima. Prisećao se svog i Đulijinog truda, ranog buđenja, sastanaka, kesa s testeninom i gajbica s mlekom koje su dodavali iz ruke u ruku. Nemogućnosti da uspostave kontakt s ljudima koji su promicali ogrnuti pokrivačima i preplašenih pogleda.

U prostoriji je jedan radni sto, nekoliko stolica i stari plakati za praznik Madone iz Porto Salva, koji se proslavlja krajem leta. Udruženja volontera koja su stigla s kopna preuzela su obavezu da pomažu i samostalno organizovala rad i prihvat.

Salvatore je prišao stolu, otvorio jednu svesku stranica gusto ispisanih rečima na italijanskom i arapskom. Prelistava je, znatiželjan pred slovima koja liče na elektrokardiogram.

– Salvatore!

Trgao se kad je čuo da ga neko doziva. Spustio je svesku pa kao krivac povukao ruke.

– Nisam htela da te uplašim.

Jedna devojka tamne kose i s pramenom koji joj pada na lice pokrivajući ga dopola osmehuje mu se s vrata.

– Mislio sam da hoćeš da me uhapsiš – kaže on pokazujući na svesku i osmehom uzvraćajući na njen.

– Ne sećaš me se?

Salvatore se namrštio, zaslepljujuće svetlo koje dopire spolja sprečava ga da izoštri crte njenog lica. Zakorači ka njoj, ali je ne prepoznaje. Poznata mu je, no ne zna njeno ime.

– Jesam li mnogo zabrljao? – pita da bi odagnao nelagodu.

– Kupovao si hleb kod mojih kad si bio mali.

Salvatore se pažljivije zagleda u nju. Na sebi ima ružičasti šorts i crnu majicu, ruke i noge su joj tanane i preplanule, obrazi okrugli, izgleda kao savršeno zdrava devojka.

– Rafaela? – pita, ispunjen nadom.

– Rafaela je moja sestra. Ja sam Alida, mlađa.

– Tačno, Alida. Ali nije bilo lako, koliko dugo se nismo videli? Sto godina?

– Kad su moji zatvorili pekaru, preselili smo se u Bolonju. Godinama nisam dolazila ovamo.

– Ovde si na odmoru?

– Ne, već šest meseci živim u našoj staroj kući. Radim za supermarket, vodim im knjigovodstvo.

– Bokte, ti si prva koju poznajem da je otišla i vratila se a da je još mlada.

– Ponekad je povratak jedini izlaz. – Alida se nehotice uozbiljila.

– U pravu si – priznaje Salvatore. – Dobro znam šta to znači.

– Nego, kaži mi, otkud ti u našem štabu. – Alida se ponovo osmehne i prekrsti ruke.

– Ovo je bio *naš* štab – odvrati Salvatore.
– E pa, napustili ste ga i sad je naš. Moj i Fedeleov.
– Baš vas je mnogo.
– Društvo malo, ali odabrano. A pošto si ti tako duhovit, sad nas je troje.
– A ko bi bio treći?
– Ti!
– Važi, pristajem.
– Iako ne znaš šta radimo?
– Nisi očekivala, a?
– Mislila sam da te uhvatim na prepad.
– Kad ono...
– Mislim da ćeš se predomisliti čim ti budem rekla.
– Testiraj me.
– Dajemo časove italijanskog migrantima. Zapravo, ne bismo to ni mogli da radimo, jer oni ne smeju da izlaze iz centra, ali idemo mi kod njih.
– Puštaju vas da uđete?
– Jesi lud? To je kao zatvor, ni manje ni više. Zaobiđemo centar sve do iza brežuljka. Napravili smo otvore u ogradi, doneli stolice i stočiće. Organizovali smo se, nismo blesavi. Onda, jesi li se predomislio?
– Ni slučajno. Mnogo mi se sviđa.
– Odlično. Vidimo se ovde oko šest pa ideš s nama?
– Dogovor je pao.

Alida i Fedele su oboje dvadesetčetvorogodišnjaci, četiri godine stariji od Salvatorea, ali se u velikoj meri razlikuju jedno od drugog. Ona je crnokosa i ima put ostrvljana boje tek isceđenog maslinovog ulja koje miriše na zemlju i sunce. Fedele je pak plavokos i beo kao sir, s crvenim mrljama od sunca koje su mu prošarale telo kao znaci za opasnost. On je iz Torina, sin sicilijanskog doseljenika i Norvežanke zaljubljene u Italiju. Navikao na putovanja, slučajno se našao na ostrvu, odlučio da tu ostane i obnovi jedan stari zimovnik za čamce. Dve nevelike prostorije, kupatilo i veranda okrenuta ka moru, malo izvan mesta, u savršenoj osami, kako voli da kaže. Sebe opisuje kao čoveka koji se povukao s posla, proučavaoca lepote koji uživa u životu od novca što mu ga majka krišom šalje.

On i Alida su se upoznali jedne prolećne večeri. Bilo je deset kad su se našli na suprotnim stranama trga, jedine žive duše na tom mestu. Shvatili su da bi trebalo nešto da kažu jedno drugom, da ne mogu samo da se okrenu i odu, središte trga ih je dozivalo. Doviknuli su svoja imena i pitali jedno drugo za godine, a onda su ljudi počeli da izlaze na prozore primoravši ih da se približe. Otad su mnoge večeri proveli zajedno razmatrajući smisao ostanka na kršu izvan sveta ili izvan njegovog središta. Hranili su razočaranja, iscrpli polet osame i možda ubili demone iz prošlosti, zacelili stare rane.

Salvatore se, tačno na vreme, sastao s njima ispred kancelarije. Ne izgledaju kao profesori, u šortsevima i s japankama na nogama. Na leđima nose rance pune rečnika, svezaka i olovaka. Salvatore se na brzinu upoznao s Fedeleom, čvrsto su se rukovali i popreko pogledali ne bi li dokučili namere onog drugog.

– Ti si ribar? – pita ga Fedele s primetnim stranim akcentom.

– Više nisam, sad sam turistički vodič preko leta.

– Moraš nas povesti da vidimo tajne ostrva. Otkako sam ovde, niko mi to nije ponudio.

– Što se toga tiče, ni sad ti se ne nudi – umeša se Alida i krene. – Ajde, čekaju nas.

– Jel' ona uvek ovakva? – pita Fedele Salvatorea.

– Ako ti ne znaš... Ja je ne poznajem. – Salvatore raširi ruke.

– Nije me ni prepoznao. Ceo život živimo na ovom ostrvu, a on me ne prepoznaje, možeš li da zamisliš? – Alida uhvati Fedela podruku.

– Rodila si se mnogo pre mene, različite smo generacije – smeje se Salvatore.

– Neprimetna si – nadoveže se Fedele.

– Ej, mirni. Lepo je nasmejati se, ali ovo su uvrede. Ti si – kaže, pokazavši na Salvatorea – manje-više mojih godina, ali izgledaš deset godina starije. A ti bi – preteće pokaže na Fedela pustivši njegovu ruku – da nije bilo mene, još tumarao ostrvom i snimao fotografije aparatom sa automatskim okidačem.

Na trenutak zavlada tišina, kao da šala nije uspela, ali odmah zatim razlegne se smeh, glasan, odlučan i zarazan.

– Upozoravam te da je osetljiva – kaže Fedele.

– Šta si rekao?

– Ništa, ništa. Muški razgovori. – Fedele joj namigne i pljesne je po zadnjici.

Žičane ograde oko centra imaju na vrhu bodljikavu žicu, nekoliko šatora je raspoređeno po suvom tlu, trospratni betonski blok hladan je i preteći, s premalim prozorima, liči na zatvor. Unaokolo je prostrto rublje, deca se igraju na zemlji, ljudi stoje u grupicama. Dva vojnika na straži zure u Alidine noge ne obraćajući pažnju na Fedelea i Salvatorea.

Njih troje pređu preko kratke krševite padine s koje se vidi aerodromska pista, a odmah iza nje Alida i Fedele spuste rance i pozdrave se, ponaosob sa svakim od dvadesetak ljudi koji ulaze u centar i iz njega izlaze kroz jednu rupu u ogradi. Upoznaju ih sa Salvatoreom, kažu da je on „novi nastavnik".

Fedele sedne i okupi oko tri klupe petnaestak muškaraca i dečaka koji ga prate pomalo plašljivo. Alida doziva drugu grupu dok objašnjava Salvatoreu da Fedele podučava one koji već malo govore italijanski, da se ona bavi novopridošlima i onima koji ne znaju jezik, i da će se on posvetiti najmlađima.

– Počni od onog najjednostavnijeg kao što su pozdravi, izvinjenja, zahvalnost. – Alida ga isprati do dve odvojene klupe s ponekom iskrivljenom stolicom i gušterima koji se skrivaju među kamenjem.

– Nikad nisam podučavao, ne znam da li ću umeti.

– Razmišljaj o tome kao o razgovoru. Razgovaraj s njima, potrudi se da te razumeju i razumeće te.

Alidini učenici, disciplinovani, zauzimaju stolice ili sedaju na zemlju. Uzimaju sveske i olovke, čekaju početak časa. Malo dalje Fedele već govori radoznalim učenicima koji klimaju glavom i beleže.

Salvatore je dokučio šta ih podstiče – želja da budu korisni, da smanje rastojanja. Početak jedne revolucije koja se sastoji od znanja, te stoga i od mogućnosti. To su razmišljanja koja ga zaokupljaju, sve dok ga nečija ruka ne povuče za majicu i jedan dečak mu ne skrene pažnju na sebe. Salvatore nagađa da mu je najviše sedam godina, koža mu je zift-crna, kosa gusta ukovrdžana masa, a pitanje jednostavno, sastavljeno od gestova i pogleda.

Razumeti i udovoljiti molbi slično je rušenju kartonskog zida. Salvatore sedne s njim, pokaže ostaloj deci oko njih da se smeste ukrug.

Osmehuje se i shvata da je to stvarni razgovor, jer se osmesi šire krugom i zatvaraju ga. Naglas sriče svoje ime i čuje kako ga ponavljaju, jedno po jedno. Potom sluša imena dece koja zatim ponavlja.

Ruke se kreću po telu, tumače zvuke, oslobađaju granica prostor i zemlju na kojoj sede.

Čas prolazi brzo i kroz zabavu. Salvatore u tim trenucima ne primećuje, ali shvatiće kasnije, da su strepnja i bol koji su ga pratili proteklih dugih meseci načeti svešću o onom što ga okružuje.

Alida i Fedele su ga opkolili, pitaju ga: – Onda? Onda? Kako je bilo?

Svojim poletom zarazili su i njega. Kao da ih nosi ista struja, skreću ka plaži, spuštaju rance u pesak, skidaju se i uleću u vodu.

Stvari se menjaju, vrtlozi su kojima se treba prepustiti. Salvatore kao da je drugi čovek, ali nije, dok pliva prostranstvom i razmenjuje nove poglede. Jesen krade svetlost od dana, more je mirno i utešno, a sutra nije samo još jedan novi dan.

Neprimetno ulaze u zimu. Obuzeti saznanjima koja zahtevaju vreme, obavezom rođenom iz igre. Njihovih učenika je iz dana u dan sve više, neke premeštaju ali dolaze drugi u prometu koji podstiče posvećenost, između opraštanja, novih lica i imena koja treba zapamtiti. Početak časova znak je za prestanak ćaskanja i vike i desetine parova pažljivih očiju prate reči troje improvizovanih nastavnika. Želja da prenesu i želja da nauče donose poboljšanja koja ih sve ispunjavaju zadovoljstvom. Vremena nema mnogo, ali jednostavne reči i pitanja omogućavaju im da odmah komuniciraju.

Posle časova često jedu zajedno, uveče gledaju neki film i dokasna razgovaraju o njemu. U deljenju pronalaze ono što traže, uz želju da odneguju prijateljstvo koje ih može zagrejati.

Fedele mnogo vremena provodi s jednom mladom Somalijkom, Džamilom, devojkom crnih očiju i nežnih crta lica, za koju kaže da mu je drugarica, ali se zaljubi u nju otkrivajući, malo-pomalo, njenu priču. Siroče bez oca i majke, došla je iz jednog sela koje su grupe vojnika sukobljene u građanskom ratu u njenoj zemlji sravnile sa zemljom, prešla je nezamisliv a ipak stvaran put, o kojem govori bez preterivanja i bez ogorčenja.

Upija svaku reč koju joj Fedele prošapuće, on joj ih ponavlja na norveškom i engleskom, koristi raspoloživa sredstva ne bi li smislila kako da budu zajedno. U jednom normalnom svetu Fedele i Džamila bi otišli da posete Rim, snimali bi fotografije svojih osmeha i poljubaca, držali bi se za ruke i spavali u istom krevetu. Imali bi mogućnost da se umore, da se rastanu svojom voljom.

Jedne večeri, uz pomoć nekog stražara, Fedele je doveo Džamilu u svoju kuću. Spremio je večeru sa Alidom i Salvatoreom, skuvao je rižoto na mornarski način, po receptu jednog prijatelja restoratera i napravio kasatu dostojnu najboljih poslastičarnica.

Svetlost sumraka zarumenela je zidove starog zimovnika za čamce. Osmesi na njihovim licima oživljavaju senkama i svetlom. Muzika Dorsa ih uljuljkuje u nečem drugom što može postojati samo tu, upravo u tom trenutku.

Boca vina *regaleali* brzo je ispražnjena te otvaraju drugu. Napetost popušta, stidljivost koja je navela Fedelea da pozove i svoje prijatelje iz straha od nelagode ili neželjenih okolnosti preobražava se u čulnu prisnost.

Džamila drži u svojima ruku mladog Italo-Norvežanina, kojeg nije mogla ni zamisliti da će upoznati. Beo kao utvara, meke kože i melodičnog glasa koji govori na stranom jeziku. Priča mu o stricu koji ju je podigao, o braći i sestrama koje godinama ne viđa, šapuće Fedeleu nešto što ne uspeva da dovrši i slatko se smeje otkrivši slične zvuke sasvim različitih značenja.

Kad su ustali da odu u Fedeleovu sobu, da budu sami, nije bilo ni pitanja ni oklevanja, već samo laganih koraka i uzbuđenja koje je zarazilo Alidin i Salvatoreov pogled. Senke sveća i još jedna čaša vina prate ih u noć s ritmom talasa na žalu, zujanjem frižidera, šaptajima prigušenim napokon razotkrivenom ljubavlju.

Alida i Salvatore izađu na svež vazduh i zapute se svojim kućama. Znaju da misle na isto, da su svedočili jednoj maloj čaroliji, srećnom susretu, primeru toga šta znači biti slobodan.

Alida je jednog popodneva pošla s njim u povrtnjak. Sunce je zaklonjeno raštrkanim oblacima, vetar koji kao i uvek duva na visoravni bezazlen je povetarac.

– Nas dvoje ne razgovaramo mnogo – kaže Alida, koja na sebi ima crnu suknju do ispod kolena i kratke čizme od prevrnute kože.

– Ali stalno razgovaramo! – Salvatore se zaustavi na vrhu uspona da pogleda panoramu.

– Ti i ja, nasamo, skoro nikad – odvrati Alida prekrstivši ruke na grudima.

Salvatore se okrene da je pogleda.

– Zvučiš kao neka uvređena devojka.

– Želim da razgovaram s tobom.

– Razgovaramo.

– Ne tako.

– Kako, onda?

– Spontano! Uh... sve si upropastio. – Alida nastavi da hoda.

– Čekaj, povrtnjak mog oca je tamo. – Salvatore ide za njom, pokazuje joj drugu stazu.

– Ja idem ovamo – odvrati ona ne okrenuvši se.

Salvatore zastane podbočen, posmatra je kako nestaje iza kvrgi na zemljištu. Odmahne glavom pa produži ka povrtnjaku.

Vraćajući se do raskršća, pita se da li je ona već stigla u mesto. Malo dalje staza se uliva u glavni put, a s druge strane se nastavlja prečicom za groblje.

Alida je tamo, sedi na kamenu, u hladu jednog od malobrojnih alepskih borova ostalih na ostrvu. Groblje je pravougaonik okružen niskim zidovima od suhozida, s lukom na ulazu zatvorenim kapijom od kovanog gvožđa.

– Ponekad si stvarno čudna – kaže joj Salvatore, prilazeći joj s leđa, ali ne uspeva da je uplaši.

– Čula sam te kako dolaziš.

– Jesi li ljuta?

– Čekala sam te. Znala sam da ćeš doći.

– Dvoumio sam se.

– Ali sad si ovde.

Salvatore sedne pored nje. More ispod njih sad je uzburkano i razbija se o školje, peni, drsko pokazuje snagu. – Tamo – pokaže na neku tačku iza uvale. – Tamo smo ih našli.

Alida zna o čemu on govori, svi sa ostrva znaju tu priču.

– Sećam se kao da je juče bilo.

Alida ga uhvati za ruku i stegne ga. Salvatore je gleda i načas mu se učini da je to Đulija, sa istim izrazom lica i istim osećanjima.

– Bio si sa Đulijom? – pita ga, čitajući mu misli.

– Da. Poznaješ je?

– Znam da ti je ona devojka.

– Bila je – prizna Salvatore zastavši nad skrivenim značenjem tog priznanja.

– Stvarno? Svi su mislili da ste savršen par.

– Ko svi?

– Kad smo bili mali i mi stariji smo vas gledali i zavideli vam. Činilo se da ste otkrili nešto što je nama uskraćeno. Mi smo se i dalje igrali, a vi ste stalno bili zajedno, s rukom u ruci. – Alida se osmehuje. – Ja sam posle toga otišla i više vas nisam videla, ali mislila sam da je tajna u udaljenosti.

Salvatore ne bi da priča o tome, gleda u pesak na tlu koji je naneo vetar, u borove iglice osušene na suncu.

– Od početka smo se borili s daljinom, i na kraju smo izgubili. Ali pričaj mi šta je s tobom, ne znam skoro ništa o tvom životu u Bolonji.

Alida podigne pogled ka obzorju.

– Mnogo sam grešaka napravila i vratila sam se da ne bih pravila nove. – Pritisne dlanovima kamen i prekrsti gležnjeve. – U osamnaestoj nisam podnosila svoje roditelje, upoznala sam jednog čoveka, zaljubila se i otišla da živim s njim. Napustila sam fakultet verujući da prkosim svetu, a prkosila sam samo sebi. – Alida ravnodušno priča o svom razočaranju.

– Radila sam u jednoj firmi za čišćenje, leđa su mi pucala u poslovnim zgradama u industrijskim zonama. U zoru bih ušla u autobus, a uveče bih se vraćala. Nisam bila svesna da živim s krvopijom koji je dane provodio na sofi i pričao mi o lažnim razgovorima za posao koji se nisu dobro završili. Sve dok jednog dana nisam zaboravila da mu kupim pivo, pa me je udario pesnicom u nos.

– Zaboga! – uzvikne Salvatore pa ispruži ruku da joj otre suzu s vrha nosa.

– Ali prijavila sam ga.

– Sigurno je bilo teško.

– Tad sam odlučila da se vratim kući, na naše ostrvo. Vlasnik supermarketa tražio je nekog da mu vodi knjige te se nisam dvoumila. To je bilo nešto najbolje što sam mogla da uradim. Upoznala sam Fedelea, upoznala sam tebe.

Alida pokaže na groblje iza njih.

– Hoćeš li da je posetiš sa mnom?

Salvatore klimne glavom, privučen uspomenama, osećanjem koji bi rado izbegao, ali ne može nimalo da mu se odupre.

Krhki su, i sami su brodolomnici dok se drže za ruke kako bi preskočili nizak zid i produžili ka spomeniku.

– Bila je najbolja majka na svetu – kaže Salvatore čitajući devojačko ime svoje majke, raspon njenog života. – Bila je srećna s mojim ocem. Oduvek su bili zajedno, bili su ono što smo ja i... – Salvatore zastane.

– Đulija – nastavi Alida.

– Mogli da budemo.

Među prvim klijentima u novoj turističkoj sezoni našla se i porodica koja je u luku kod Salvatorea stigla kompletno obučena, kao neko ko nikad nije bio na otvorenom moru. Otac i majka imaju četrdesetak godina, on je riđokos, s razdeljkom sa strane i ima kožu tako belu da se vidi odblesak sunca na njoj. Ona ima veliki slamnati šešir i dugačku haljinu koja je lišava bilo kakve forme, tako da liči na frižider.

Dvojica sinova imaju manje-više deset godina i cmizdre tražeći pažnju.

U skučenom prostoru čamca čuju se reči, dozivanja, ustupci. Salvatore zamišlja roditelje preko cele godine zauzete poslovima koji zahtevaju visokostručne ljude, u kancelarijama i na sastancima, kako ostavljaju sinove u školi, u sportskim centrima, s dadiljama, da bi ih ponovo videli uveče pred poljubac za laku noć.

– Umirem od vrućine. Zar ovo ne može da ide brže? – pita žena, koja u svojoj crnoj haljini privlači celu gamu sunčevih zraka.

– Ovo je dozvoljena brzina – odgovori Salvatore, koji nije raspoložen da objašnjava odredbe i propise, te isplovljava iz luke pri najmanjoj brzini.

– Sreća te su se u Rimu probudili i poslali pojačanje – kaže muž, koji nespretno ustaje da vojnički pozdravi vojnike koji doručkuju na pristaništu.

– Sedite, molim vas – kaže Salvatore, pa doda gas ne bi li izašli iz kruga talasa izazvanih patrolnim čamcem koji se vraća iz obilaska.

– Znate, ja sam bivši kapetan. A kapetan se ostaje do kraja života. – Čovek pljusne dvojicu sinova po obrazu. – Jednog dana ćete i vi braniti Italiju kao ovi momci.

Dečaci potvrđuju punih usta i s nadevom iz kanola na usnama.

– Pucaćemo u zle ljude, tata?

– Samo ako bude neophodno.

– Ra-ta-ta-ta-ta. – Dečaci podražavaju štektanje mitraljeza. Roditelji gledaju u more, možda se kaju što su se našli na milost i nemilost kretanju koje ne mogu da kontrolišu.

Salvatore zaobilazi Tanki rt, pokazuje maloj porodici Kritsku uvalu i uvalu Kalandra i nezadovoljno posmatra turističke brodice zaustavljene naspram Vulkanske špilje, s desetinama ljudi koji skaču u more i zauzimaju je. Pad poseta ostrvu naveo je agencije s kopna da prekrše dogovor o zaštiti pećine i unesu njene slike u reklamne prospekte. Priseća se izleta sa svojim ocem, poruke njemu i Đuliji da čuvaju to krhko mesto.

– Šta je ono tamo? – pita žena.

– Pećina koju ne bi trebalo posećivati – odgovori Salvatore.

– A zašto oni mogu?

– Zato što mnogima reč ništa ne znači.

– Idemo i mi. Mama, idemo i mi!

– Momak je rekao da ne možemo.

– Ali mi hoćemo da idemo.

Majka gleda u oca, prisilivši ga da se umeša.

– Čujte, možete li malo da zaobiđete pravila? Zbog dece. – Čovek ustane, pokušava da namesti razdeljak koji je vetar pokvario.

– Žao mi je, ne mogu. Malo dalje ima drugih veoma lepih špilja, tamo ćemo se zaustaviti da plivate. More je kristalno bistro.

– Mi hoćemo da idemo tamo gde ima ljudi – navaljuju dečaci jednoglasno, ispoljavajući moć koja se sad, osim na roditelje, odražava i na Salvatorea.

– Daću vam dobru napojnicu – kaže čovek, spustivši ruku Salvatoreu na rame.

– Nije stvar u novcu, molim vas da ne navaljujete – odvrati Salvatore, na trenutak naumivši da okrene čamac, odveze se u luku a njima vrati novac za izlet. Ali novca je malo i ne može bez njega, koliko god to poricao.

Priseća se ribolova u tišini, naravno i napora, ali bez potrebe za kompromisom i ljudima koje ne želi da sretne.

– Ajde, ajde, ajde! – Deca lupaju nogama o drveni pod, vuku majku, moljakaju oca koji klekne naspram njih.

– Da se dogovorimo: pošto momak neće da nas odvede, sutra ćemo se ukrcati na drugi čamac i poći ćemo sa svima ostalima u tu špilju. Važi?

Dečaci ga gledaju, procenjuju ponudu, shvataju da su svakako pobedili i prihvataju predaju roditelja tražeći od majke još jedan kanolo.

– Napisaću negativnu recenziju na internetu – kaže otac obraćajući se ženi koja, napokon se iskreno osmehnuvši, potvrđuje: – To je jedino što može da se uradi. Osim toga čamac mi ne deluje naročito bezbedno.

Salvatore ugasi motor, baci sidro nekoliko metara od ulaza u jednu špilju okruženu hridima u obličju praistorijskih životinja, natkriljenu raznobojnim slojevima stena i kaže im bezizrazno da mogu da plivaju i da se s maskom i disaljkom mogu videti razne ribe.

Porodica ostaje u kupaćim kostimima, s malo oklevanja otkriva ugojena tela, maže leđa i stomake kremama za sunčanje, zadivljena tirkiznim tonovima vode. Ne uskaču već se spuštaju sa stranica, postepeno, ježeći se, navikli na toplu vodu iz tuša.

Vreme se kvari, crni oblaci se skupljaju na zapadu, more se unervozilo. Njih četvoro su se vratili u čamac pa umotani u peškire i bademantile izgledaju bespomoćno i manje samouvereno. Salvatore izvlači sidro i savetuje im da se vrate. Muž i žena sa olakšanjem dočekuju kraj izleta.

U visini Rta Kaladrita svež vetar sa otvorenog mora stiže im u susret. Dečaci se iznenada nagnu preko leve stranice i nakrive čamac uplašivši roditelje.

– Gledaj, tata, stranci! – uzvikuju, rukama pokazujući na žuti gumenjak koji se brzo približava.

Stotinak metara od Salvatoreovog čamca gumenjak se zaustavlja i dvojica muškaraca teraju u vodu ostale, preteći onima koji ne žele da uđu i tukući ih motkama, bacajući ih kao vreće u more. Petnaestak ljudi dahće među talasima dok se gumenjak okreće i udaljava se punom brzinom.

– Šta to radite? – dovikuju muž i žena Salvatoreu koji menja smer i pokušava da stigne do tih ljudi pre no što bude prekasno.

Sećanje na dečkića čije se telo valja na žalu, na Đuliju koja trči po pomoć, na mrtve, na njega i njegovog oca koji vuku čamac ka obali, na ljude koji zahvaljuju i pitaju da li su stigli u Italiju.

Salvatore ukucava broj lučke kapetanije. Dečaci urlaju prestravljeni, više ne viču ra-ta-ta-ta-ta-ta, samo se plaše straha svojih roditelja.

– Pomozite mi – naređuje Salvatore ocu šćućurenom s porodicom na krmi. Koža izgorela na suncu crvena mu je kao kosa.

Salvatore pruža ruke i izvlači dva momka na čamac. Otac preuzima kormilo i približava plovilo ostalim brodolomnicima koji dovikuju nerazumljive pozive u pomoć.

– Sporije! – dovikuje Salvatore.

– Ne bi trebalo to da radiš – kaže žena mužu. – To nije naš posao. Pomoć stiže.

Salvatore naglo ustaje, stane ispred nje, nema mnogo vremena da joj kaže ono što zaslužuje, te čini to ne udahnuvši: – Slušajte me, mnogi od ovih ljudi ne znaju da plivaju, budemo li čekali pomoć, pomreće. Budite sigurni da ćete, ne budemo li mogli svi da stanemo, vi prvi završiti u vodi.

– Kako se usuđujete? – umeša se muž, koji mora da je brani.

– Vi umuknite! I gledajte šta radite – upozorava ga Salvatore.

Za nekoliko minuta ukrcali su dvanaestoro njih, muškarce i dečake crne sjajne kože. Salvatore govori na engleskom, ali migranti koji se okupljaju oko njega ne razumeju. Zato pokuša da izgovori nekoliko reči na arapskom koje je naučio od svojih učenika. Zanima ga da li je bilo još nekoga s njima na čamcu, oni se prebrojavaju dodirujući jedan drugog i na kraju odmahnu glavom.

Pretovaren čamac se polako kreće po talasima koji se povećavaju. Lica male porodice stešnjene s migrantima bezizrazna su. Svesni su da postoji opasnost usled preopterećenja, talasa, od nekoliko stotina metara plovidbe i ne mogu da zamisle putovanje dugo stotine kilometara.

Patrolni čamac ih predvodi do luke. Desetine turista posmatra prizor iz kafea, ribari pokazuju na Salvatorea. Na pristaništu, pre nego što su se iskrcali, migranti se rukuju sa onima koji su ih spasli i miluju dečake.

U kapetaniji beleže svedočenja, sastavljaju izveštaj, na isti papir stavljaju Salvatoreovo ime i imena članova male porodice. Deo su iskustva koje ih može navesti da se predomisle, da poreknu ono što su izgovorili, nadvladani stvarnošću, razumevanjem da je za mnoge prelazak Sredozemnog mora život ili smrt.

Džamilu su ukrcali na trajekt noću, s još stotinama njih i odvezli ih po mraku da ne uplaše turiste i decu. Poslali su ih u Apuliju ili možda na sever.

Prihvatni centar je prepun i uslovi se brzo pogoršavaju. Migranti poslati u druge centre na kopnu zamenjeni su novopridošlima, sve brojnijim, nateranim novim ratovima da utočište potraže unutar mrežaste ograde i bodljikave žice. Policija smiruje negodovanja zbog nehumanih uslova, humanitarne organizacije muče se da im dopreme pomoć.

Na ostrvu vlada mir koji prisiljava ljude da zatvaraju kapke i zabrave se, iako ranije nisu koristili ključeve. Ostrvljani ponovo zapadaju u setnu obamrlost.

– Šta je ono? – dovikuje Alida Fedeleu i Salvatoreu u Uvali krsta, po završetku časa.

U daljini se ukazuje planina od sivog metala. Liči na ratni brod – kaže Fedele, previše tiho da bi ga ona čula.

Alida izađe iz vode, pokrije se peškirom, drhti i cvokoće zubima.

Ona ogromna masa ih je prestravila, ima crne otvore za topovske cevi, radare koji se okreću i nadmeno traže, čini se da su se namerili na njih.

– Moramo nešto da preduzmemo. – Salvatore baca kamenčić koji šest puta odskoči u vodi pre nego što izgubi brzinu i nestane.

– Naše oružje je podučavanje italijanskom – kaže Alida.

– Pogledajte ga. – Fedele pokaže na brod. – Ja mislim da hoće da udare u ostrvo, da nas potope kako bi jednom zasvagda rešili problem. – Pretura po rancu, vadi jednu svesku s fotografijama. – Dala mi ih je Džamila pre nego što su je odveli.

Salvatore i Alida posmatraju slike koje prikazuju stvarnost u centru njima nepoznatu. Tridesetoro, možda četrdesetoro ljudi natrpanih u jednoj sobi s rešetkama na prozorima, začepljeni lavaboi i klozetske šolje pune izmeta.

Kad su Fedele, Salvatore i Alida objavili te slike na internetu, talas ogorčenja krenuo je sa ostrva i preplavio zemlju.

Pritisak u prihvatnim centrima nesrazmerno raste, čini se da je svaki zatvorenik povećao kapacitet pluća i da su udisaji samo dugi uzdasi.

* * *

Ostrvo je udarna vest u televizijskim dnevnicima i na prvim stranama je svih dnevnih listova.

Salvatoreov otac je u kuhinji, kuva kafu. Deset je pre podne, na TV ekranu vlada demonstrira silu, daje izjave o neizostavnoj odbrani državnih granica. Vide se gruba i umorna lica, čuju se psovke, uobičajeni apeli Evropi. Centri za identifikaciju i proterivanje liče na koncentracione logore gde su ljudi lišeni najosnovnijih prava.

Čuje se i jedna nova reč, glupi inat ljudi bez pameti i srca. Ponavlja se i secira, dobro opisana mržnjom koju sadrži.

Odbijanje.

Odbijanje čamaca u međunarodnim vodama jednostavna je procedura s neposrednim rezultatima. Zatvaranje, mučenje, izrabljivanje migranata u zemljama iz kojih dolaze, bez ikakve kontrole.

Salvatore zatiče oca kako sedi za stolom u dnevnoj sobi, stisnutih pesnica, s lončetom za kafu koje se puši i dvema šoljicama jednom na drugoj.

– Moramo da idemo – kaže sinu ne pogledavši ga.

– Kuda?

– Napolje. Nećemo biti sami, videćeš.

U luci, ostrvljani su se stisli jedni uz druge. Žele da pokažu zajedništvo koje godinama nisu osetili, da se čuje njihov glas, da povrate zemlju i more, da slobodno raširе ruke i prihvate. Da objasne kako jedna zemlja koja zaboravlja da je njen narod sačinjen od migranata nema ni prošlost ni budućnost.

Po zalasku sunca napokon je svima jasno da ostrvljani neće otići, da neće ostaviti slobodan prolaz i da će napraviti lanac koji je nemoguće pokidati.

Veze između luke i centra za identifikaciju i proterivanje prekinute su, vojnici i policija gledaju starce kako sede na stolicama nasred puta i decu kako se igraju žmurke u gužvi.

Od gradonačelnika se traži da se umeša, zovu ga na kuću i na mobilni, ali i on je u prvom redu, s trobojnom lentom.

Reporteri stoje na rubu scene, snimaju policajce u opremi za gušenje pobune, postavljaju barijere na ulazu u luku i određuju nove granice.

Noć je sveža, jedu se sendviči, pastašute iz plastičnih tanjira, prženi kalamari koje su doneli iz restorana. Oni koji žive daleko koriste toalete u kućama na trgu i vraćaju se na svoje mesto. Tu su i pokrivači i dušeci za one koji bi da se opruže i odmore.

– Možemo uspeti – kažu Fedele i Salvatore, pošto su u TV dnevniku videli snimke mesta napravljene iz helikoptera.

– Ostaćemo dok se ne predomisle – doda Alida, opružena, s glavom na Salvatoreovim nogama.

– Nikad nećemo otići – glasovi se umnožavaju, stižu do svitanja, do sunca i stvaraju povratni talas.

Policija šalje pregovarače, dvojicu u civilu u pratnji uniformisanih momaka, koji kao psi za otkrivanje droge njuše vazduh i prepoznaju neprijatelja.

Oružje je upereno, orozi spremni, kao da pregovarati znači pretiti, kao da su ostrvljani opasni i kriju bombe ispod džempera i suknji.

Zvanično se pozdrave s gradonačelnikom okruženim pospanim ali opreznim licima.

– Oslobodite prolaz. Moramo obezbediti smenu straže, patrole po obalama, snabdevanje centra. – Jedan od dvojice u civilu govori s rimskim akcentom, ima brkove i izvija desnu obrvu.

– Privukli ste željenu pažnju. Novinari su vas snimili. Pustili smo vas celu noć. Sad nas pustite da radimo. – Drugi je uzeo reč, vuče teške cipele po asfaltu, gleda ljude ispred sebe zapravo ih ne videći.

Fedele istupi i kaže: – Hoćemo da razgovaramo s ministrom.

Salvatore je već pored njega: – Odbijanja moraju prestati, pretrpanost centra mora se odmah rešiti. To su uslovi za vaš prolazak.

Čuju se tapšanje i odobravanje koji ohrabruju.

– Kažite svojima da se smire. – Dvojica u civilu se ne obaziru na glasove, uporno zure u gradonačelnika.

– Daćemo vam jedan sat, posle toga moramo probiti blokadu i osloboditi put. Pokušajte da budete što uverljiviji.

Policajci obrazuju uredne vrste, imaju pendreke, puške sa suzavcem i gumenim mecima. Udaraju štitovima o asfalt, stvaraju zaglušujuću buku.

Gradonačelnik uzme megafon i traži od ljudi da puste vojna vozila da prođu, da prekinu proteste. Zviždući ga ućutkaju, sprečavaju ga da nastavi, da pruži objašnjenje koje nikog ne zanima.

Horsko: – Nikad više odbijanje! Mi smo ostrvljani, vi ste stranci! – peva se jednoglasno, svi kao jedan razgone nesavesnost i strah.

Policijskim redovima kao da nema kraja, krupni ljudi, smrknuti pogledi. Barijere su uklonjene, nema više ničeg što deli podignute ruke ostrvljana od štitova i pendreka policajaca.

Niko, čak ni sad, ne veruje da će ih policija napasti i da će udariti. Među njima su starci i dečaci, trudne žene i nenaoružani ljudi čija je jedina krivica to što su se ujedinili pošto su otkrili predugo skrivane vrednosti.

Međutim, životinjski krik daje znak za početak bezumnog pokolja. Mišići policajaca napregnuti su do krajnosti dok pendrekom udaraju po licu sedamdesetčetvorogodišnjeg ribara, pesnicama nasrću na učiteljicu iz osnovne škole, lome nogu mlekarevom sinu i iz pozadine ispaljuju suzavce kako bi napredovali. One koji pružaju otpor uklanjaju, bacaju na tlo, okružene krvlju i očajničkim zapomaganjem.

Ostrvljani se razilaze po trgu, neko baca kamen i pogađa kacigu i ojačanu uniformu jednog policajca. Ostali se brane kako znaju i umeju.

Povici odjekuju sporednim ulicama, s prozora i balkona: – Sramota! Ubice!

Fedele, Alida i Salvatore deo su čvrste grupe koja je ostala. Pokrivaju lice maramicama da bi se zaštitili od suzavca, znaju da će ih u narednom napadu poraziti.

Ako je besmisleno očekivati da budeš premlaćen, još besmislenije je ostati na kauču i gledati slike onih koji su se podavili ne bi li pobegli od gladi i osvojili slobodu.

Policajci se pregrupišu, gluvi na uvrede ranjenih muževa i žena, slepi pred foto-reporterima iz novinskih agencija i stranim dopisnicima raspoređenim po ulazima zgrada. Zvuk štitova kojima ritmično udaraju o tlo, ponovo se razleže zlokoban i nestvaran.

Sad svi znaju da nije važno to što si nevin, da biti bespomoćan ne pruža nikakvu garanciju da ćeš se spasti i da preživljavanje zahteva borbu.

Salvatoreov otac ima modricu na oku i hramlje pridržavajući se za zid jedne ruševne kuće sa zaključanom kapijom. Alida ga vidi i pokaže ga Salvatoreu trenutak pre nego što ga je jedan policajac udario po leđima i oborio.

Salvatoreov bezglasni krik poklopio se s grmljavinom novog napada policije i s još jednim krikom, razjedinjenim i divljim, koji dopire sa ulice što vodi u centar.

Izbeglice, ljudi došli s mora koji nemaju ništa da izgube, zauzimaju trg trčeći bosonogi i u poderanoj obući.

Nenaoružani, suprotstavljaju se jurišu prekrštenih ruku i pravih leđa. Otrpe sudar, kad jedan padne, desetorica su spremna da ga odmene. Više od hiljadu ljudi pobeglo je iz centra i pridružilo se protestima ostrvljana, ujedinjeni jednom jedinom idejom pravde. Policajci, zbunjeni, zastaju s pendrecima u vazduhu, gube žar koji ih tera da tuku i drže stranu jačeg. Nad poprištem ponovo vlada muk sve dok, ne okrećući se, policajci ne počnu da se povlače ka luci.

Spontani aplauz kreće iz jednog ugla trga, zarazio je ljude koji se gledaju u lice svesni onog što se dogodilo. Pred novim nasiljem zahtevi ostrvljana istopili su se kao so na kiši, nije im preostalo više ništa suočenim s pređenim granicama.

Salvatore pritrčava u pomoć ocu i vodi ga kući. Pomaže mu da se skine, dezinfikuje mu poderotine, gleda podlive koji se šire.

– Pokušali smo – kaže njegov otac ropćući isprekidano.

– Moraš kod lekara.

– Ne brini. Tvrd sam ja orah. Povrede će zaceliti, ali ko će nas osloboditi od tog nasilja i ove nedostojne države? – Pitanje koje ostaje na licima ranjenih, na krhotinama i pročeljima okrvavljenih kuća. – Moraš otići odavde – doda, pre nego što utone u težak san.

Salvatore se ispruži pored njega, osluškuje ječanje i seća se kako je bilo lepo kad je, kao dete, spavao između oca i majke posle ružnog sna.

Spontani protesti izbijaju na trgovima u Rimu i drugim velikim gradovima. Iz međunarodne zajednice se razleže hor zgroženih glasova. Evropski sud pokreće proces protiv Italije zbog kršenja ljudskih prava i odbijanja.

Vlada proglašava vanredno stanje, povećava broj ljudi i vojnih vozila na ostrvu. Centru za identifikaciju i proterivanje više se ne može prići.

Fedele zatvara stari zimovnik za čamce, prebaci na leđa veliki ranac za kampovanje. Vest o pobuni u jednom centru za identifikaciju u Apuliji i o bekstvu mnogih migranata naterala ga je da pođe da potraži Džamilu. Alida i Salvatore ga ispraćaju u luci.

– Nemoj da praviš gluposti – kaže mu Alida.

– Naći ću je i vratiću se. Obećavam. – Fedele pruža kartu službeniku brodske kompanije, kreće uza stepenice, zatim se okrene i kaže: – Kad smo kod toga, dobro izgledate zajedno.

Salvatore i Alida pocrvene, no uto se oglasi sirena s trajekta nateravši ih da zapuše uši.

– Idemo – kaže ona.

– Kuda?

– Da ga pozdravimo kao što je red.

Povuče ga za ruku, hodajući brzo, korak ispred njega. Izađu iz mesta na Alidinom motociklu i putem ka Rtu Kaladrita skrenu ka visoravni.

Salvatore je dodirne, zamoli je da stane.

– Nećemo tamo – kaže, zagazivši na šljunak.

– Zašto? – pita ona, iznenađena.

– Idemo na svetionik.

– Bolje je na Rt Kaladrita – navaljuje Alida.

– Neću da idem tamo.

– Zbog tvoje mame?

– I zbog toga.

– Zbog Đulije?

– Možda.

– Ja sam tu. Veruj mi.

– Ne. – Jedno bespogovorno ne, izgovoreno sa ozbiljnošću koja udaljava i stvara prazninu. Salvatore siđe s motocikla pa se s rukama u džepovima zaputi ka mestu.

Alida ne zna šta da radi, ali brzo odluči, spusti nogare na motociklu pa pođe za njim. Stane ispred njega, zaustavi ga stavivši mu ruku na grudi.

– Izvini, nisam htela da navaljujem – kaže, kosa joj padne na lice, a ona je oduva. – I ja želim da zaboravim prošlost.

Salvatore se izmakne: – Ja ne želim da zaboravim.

Alida odmahne glavom, ponovo prođe ispred njega i ponovo ga zaustavi rukom na grudima.

– Dobro, ja bih da zaboravim, ti ne bi. Ali oboje smo sami. A ovo je sadašnjost.

– Šta hoćeš? – osorno je pita, istog trena se pokajavši.

– Da budem uz tebe – odgovori ona, blistavih očiju i podignutih ruku, spremna kao svi ostrvljani da prihvati udarac ili zagrljaj.

Salvatore je prepoznaje, i ona ima iste korene kao on, hrani se istim osećajima, a vetar koji jako duva gurne ga ka njoj. Vetar koji zavija u ušima, koji hiljadama godina briše preko ostrva i obnavlja život, koji poznaje svaku prošlost i ne zaboravlja je.

Ostrvo nestaje iz vesti, i kao da stvarno nestaje.

Salvatore ide u luku i čeka retke turiste. Njegov otac hramlje, ali ponovo se posvetio povrtnjaku i donosi kući sočne narove. Supermarket u kojem radi Alida u oktobru je zatvoren, a ona je ostala bez posla.

Odsustvo obzorja, uverenost da nema druge do da se ode postaje uporna misao, čvrsta kao i nada.

– Imam jednog rođaka u Milanu – kaže Alida, sedeći na jednoj klupi na mesnom trgu.

– Milano je ružan. Bio sam tamo – kaže Salvatore.

– I ja sam bila, šta si ti mislio?

– Nervozna si?

– Prekidaš me. Pokušavam nešto da ti kažem.

– Kaži mi.

– Kako sad da ti kažem? Ponovo si sve upropastio.

– Jesam li ti već rekao da si ponekad čudna?

– A jesam li ja tebi rekla da si ponekad seronja?

– Izgleda da je Fedele bio u pravu.

– U vezi sa čim?

– Osetljiva si.

– Nije istina.

– Eto vidiš.

Alida frkće, udahne vazduh pa ga ispusti kroz nos i kaže: – Ajde da gledamo more. Ionako nemamo druga posla. I da se zna, meni se Milano svideo.

– Dobro.

– Nemoj da mi se obraćaš tim tonom.

– Nemoguća si. Ako mi ne ispričaš za tog svog rođaka iz Milana, ja idem.

– Samo malo. Možemo li malo da ćutimo?

– Moraš ponovo da napraviš atmosferu koju sam ja pokvario?

– Upravo tako.

Salvatore je gleda kako se igra kockama leda u plastičnoj čaši s granitom.[2] Povetarac koji duva iz luke ispunjen je mirisima ribe očišćene na suncu. Jedan stariji par, verovatno Nemci u poseti izvan sezone, pokazuje im prospekt nekog hotela tražeći uputstva kako da stignu. Dok ustaje i pokretima ruku objašnjava mužu gde treba da skrenu, Salvatore povezuje Milano sa Đulijom i veruje da zna šta će mu Alida reći. Kad je ponovo seo, oseća kako mu strah obavija stomak.

– Onda? – kaže joj prekrstivši noge i ruke, postavljajući se odbrambeno.

– Sve sam smislila. – Alida je usredsređena na Salvatoreovo lice. – Satima sam razgovarala preko telefona s Mateom, sastavila sam sve deliće slagalice. I kunem ti se da sam pokušala da smislim način koji ne obuhvata tebe, izlaz, drugačije rečeno, ali ne mogu da se uklopim s troškovima.

– Ko je Mateo? – pita Salvatore, izgubljen na snežnim milanskim ulicama, sa otvorenim dlanom, bez Đulijine ruke da je stegne.

– Moj rođak. Poslala sam mu svoju biografiju i preko jednog prijatelja koji ima dobre veze uspeo je da mi nađe posao. Zamena žene na porodiljskom u administraciji nekog tržnog centra. Nije za stalno, ali plata je dobra za početak. Kasnije bi, ako se dobro pokažem, mogli i da me prime.

---

[2] Tipično sicilijansko hladno piće. (Prim. prev.)

– Znači, odlaziš? – Salvatore se okrene ne bi li se uverio da ono dvoje Nemaca neće pogrešiti put, opušta napete mišiće.

– Čekaj, sad ide ono najbolje. Za dvosoban stan koji ćemo deliti već sam dala depozit, košta osamsto evra mesečno plus troškovi.

– Jel' to neka šala? – Salvatore gleda u Alidu i napokon otkriva polet na njenom licu, opuštanje pošto je saopštila nešto što je trebalo da bude veliko iznenađenje.

– Mateo ima svoju firmu i treba mu pomoć.

– Ne pada mi na pamet.

– Salvatore, sve vreme govorimo kako je ostrvo izgubljeno, kako su u pravu oni koji odlaze, kako nema više nade, a ti se povlačiš pred pravom prilikom?

– U Milano ne idem.

– Zbog Đulije?

– Prestani stalno da potežeš Đuliju! Ne idem i gotovo! U Milanu nema ničeg od onog što ima ovde.

– Možemo da pokušamo. Uvek možeš da se vratiš ako ti se ne svidi da živiš sa mnom. – Alida je promenila izraz lica, postala je odrasla, s hiljadu skrivenih značenja.

– Ne mogu da ostavim oca samog.

– Razgovarala sam s tvojim ocem. Uveren je da je to najbolje za tebe.

– Zabavno je znati da postoji neko ko misli da bolje od mene zna šta je za mene dobro.

– Koliko već nisi isplovio s turistima na čamcu?

– Imam još novca sa strane.

– Koliko će ti potrajati? Kako ćeš kad dođe zima?

– To su grozne teme.

– Znam, i za mene su grozne. Ali mogli bismo zajedno da se suočimo s njima.

– Draže mi je bilo da podučavam italijanskom.

– Mlad si, možeš da se upišeš na fakultet. Da studiraš i radiš.

– Kad sam završio gimnaziju, hteo sam da se upišem na književnost. Govorili su mi da sam darovit, da sam napisao najbolji maturski rad u školi. Onda se mnogo toga dogodilo.

– Ako ostanemo, ostarićemo a da nećemo ni primetiti, kajaćemo se.

– Kajanje nam svakako ne gine.

– Ja ne bih volela da ti budeš moje kajanje. – Alida mu se približila, njen dah sustiže Salvatorea. – Kuvaću ti svakakva ukusna jela – šapuće mu.

– Ali ti ne znaš da kuvaš!

– Kakve to veze ima? Brzo učim.

– Čime se bavi tvoj rođak?

– Molerajem.

– Zašto misliš da bih ja mogao da budem moler?

– Zato što i ti brzo učiš.

– A šta ako ne želim da budem moler?

– Možeš da radiš šta god hoćeš, meni treba polovina najma. – Alida ga odgurne, ali odmah potom mu se ponovo približi.

– Vodiš me samo zbog novca?

– Videćemo.

– Jesam li ti već rekao da si...

– Ne, ti si to. Onda?

– Šta onda?

– Idemo? Živimo? Pokušajmo?

– Ne znam. Moram da razmislim.

– Kaži mi odmah. Uradi nešto nepromišljeno.

– Ti si kao tenk.

– Jel' to „da"?

– Možda da. – Salvatore čežnjivo gleda ljude na trgu, ne zna da li je to ispravno, ali zna šta mora da uradi.

– Da? – pita Alida, dlanovima obuhvativši obraze, spremna za pobedu.

– Pa dobro. Da pokušamo. – Salvatore se polako okreće preplavljen Alidinom radošću, ubrzanjem koje donose odluke i njihovo ostvarenje. Poljubi je, sačeka da ga ona zagrli, pa je ponovo poljubi.

Lagani su dok ustaju i s rukom u ruci kreću ka luci, susreću vojnu patrolu i uzalud pokušavaju da zamisle šta će se dogoditi. Tegove i oklope su ostavili na klupi, znaju da će s novim perjem letenje biti teško. Ali jedno je sigurno: pokušaće.

Biti i odmah zatim ne biti

Alida je kupila karte za trajekt i voz, napunila je svojim stvarima jedan sanduk koji je preseljenje učinio konačnim, i poslala ga na adresu svog rođaka u Milanu.

Salvatoreu je, međutim, teško da spakuje dva kofera, da poređa džempere i zimske jakne, da svoj odlazak ne smatra neuspehom.

Dvadeset drugi rođendan je proslavio sa ocem. Napravio je picu kako ga je naučila majka, rukom iskidavši mocarelu i gleda kroz prozor u svetlo svetionika koje ponekad nestane, ali uvek se vrati.

– Sad si već odrastao čovek – kaže mu otac pre nego što zagrize parče pice koja se puši.

– Ne osećam se naročito odraslim. – Salvatore popije gutljaj vode i prekrsti ruke na stolu. Nije gladan.

– Ne treba da se brineš, čovek je obično nesiguran kad nešto menja. Dobro si odlučio, imaćeš više mogućnosti, videćeš i odlučićeš. Ako ne vidiš, ne možeš ni da izabereš.

– Milano mi prvi put nije doneo ništa dobro.

– Zapamti da možeš da se vratiš, da ostrvo i ja nikud ne idemo.

– Telefoniraću ti što češće.

– I ja ću tebi.

– Provešćemo mnogo vremena na telefonu.

– Bolje je ne preterivati. Alida bi mogla da se uvredi.

– Alida – kaže Salvatore češkajući se po glavi, kao da ga navodi da postavlja pitanja, što njegov otac odmah shvati.

– Kako ide s njom?

– Dobro, ona mi je drugarica.

– Dobra je ona devojka. Brini se o njoj, svašta je loše doživela.

– Otkud ti znaš?

– Poznajem njene roditelje.

– Zaboravio sam da smo se ovde svi poznavali.

– Ostarićeš i shvatićeš da je život mladih daleko zanimljiviji od tvog.

– Ne želim da ostarim.

– Kad smo kod toga. – Njegov otac ustane, otvori jedan sanduk i izvadi džemper umotan u providni najlon. – Nisam vešt u pakovanju poklona. Ovo je za tebe. Srećno.

Salvatore izvadi džemper iz najlon kese, tamnoplav je i mek.

– Veoma je topao, savršen za milansku zimu.

Salvatore ga proba i pogleda se u ogledalo.

– Veoma je lep. Hvala.

– Mama ga je isplela. – Njegov otac zastane i proguta uprazno, pogled na sina u džemperu donosi uspomene i ganutost. – Poklonila mi ga je za poslednji Božić. Mislila je da ću provesti još mnoge zime u čamcu, verujem da nije mogla ni zamisliti da ću napustiti more zbog zemlje.

Salvatore uzdahne, oseća koliko vrede te niti koje je isplela njegova majka, ljubav koja ju je vezivala za muža. Skinuo je džemper i brižljivo ga savio.

Pokupio je tanjire i stavio ih u sudoperu, leđima okrenut ocu gleda u svetionik kako baca ono isto svetlo koje je njegova majka videla ko zna koliko puta. Obojici treba vremena da se naviknu na njeno prisustvo, da ne bi izgubili nijedan detalj prizora koje ponovo proživljavaju.

Kad se Salvatore okrenuo, njegov otac je spustio na sto ružičastu kovertu.

– Jutros je stiglo.

– Trebalo je da mi ga daš.

– Sad ti ga dajem.

Salvatore ga uzme, spreman da otrči u svoju sobu da otvori kovertu i pročita pismo. Otac ga uhvati za ruku, gleda ga ispoljavajući poverenje, ali i zabrinutost.

– A Đulija? – pita u pô glasa, izgovorivši to ime vezano za ponovo proživljenu prošlost i sačuvano.

– Nisam je video skoro tri godine – odgovori Salvatore, koji je već na stepeništu, u sobi, na krevetu, dok mu srce tuče kao u nekog deteta.

Otvori kovertu kao da Đulija može znati za njegov skorašnji dolazak i piše mu o svom iščekivanju i radosti. Mesecima nije bilo njenih pisama, ali nije sumnjao da će ružičasta koverta pre ili kasnije ponovo stići.

Unutra nađe čestitku sa svojim inicijalima i najlepšim željama za rođendan sa uzvičnicima i potpisom u dnu. Razočaran je, možda se nadao izrazima naklonosti ili jednostavnom pitanju na koje može da odgovori, koje bi mu ulilo snagu da prevaziđe prepreke i ponovo joj piše, preplavljujući je rečima i događajima. Ali sve ostaje stisnuto u jednom uglu njegovog sećanja, zaključano složenim bravama za koje ni on nema ključ.

Potom mu pažnju privuče broj u gornjem desnom uglu, napisan umesto datuma. Naglo ustane, počne da računa i prstima da odbrojava godine.

I evo rezultata, malo više od hiljadu. U tom broju su dani koji označavaju daljinu što ih je razdvojila i ujedno spojila.

Đulija se nije zabrojala, nastavila je da računa s njim.

Ponovo je otkrio ono uzbuđenje što ga je obuzimalo pred prvo putovanje u Milano, završio je pakovanje i izneo kofere u hodnik. Njegov otac spava u omiljenoj fotelji, na grudima mu knjiga, usta su mu otvorena.

Salvatore izađe na noćnu svežinu, uzme bicikl, noge ga vode poznatim putem, shvati da je na Rtu Kaladrita tek kad je tamo stigao i video okruženje što se ističe obasjano punim mesecom.

Sedne na jednu od pljosnatih stena koje odvajaju vazduh od zemlje i oseća kako mu se disanje menja, laganije je i dublje.

Misli na sate koji ga dele od polaska, na dodir sa svojim ostrvom koje će mu nedostajati i na ono što će naći. Misli na svoje dvadeset dve godine, na to kako se ponekad čini da vreme ne prolazi, da skuplja krhotine koje postaju sve teže i nemoguće je baciti ih. Misli na svoju majku u kuhinji, u kućnoj haljini, kako mu sprema ceđenu pomorandžu a oči su joj crvene od nedavnog plakanja. Ne seća se reči, rekonstruiše scenu koja je izgubljena s njima dvoma dok miču usnama ne stvarajući nikakav zvuk. Ona je želela da on bude srećan, govorila da je ona bila srećna, a on bi sad hteo da je pita postoji li neka tajna, da li je moguće biti srećan tako što to jednostavno želiš.

Ustao je, gleda crno more bez svetlosti ribarskih i patrolnih čamaca i kreće okrećući leđa Rtu Kaladrita sa osećajem da nije ni bio tu.

U svitanje, Alida i njegov otac čekaju ga u dnevnoj sobi.

– Gde si bio noćas? – pita ga otac.

– Išao sam da se pozdravim sa ostrvom.

– Trajekt polazi za pola sata – kaže Alida, koja na sebi ima farmerke i zelenu laganu jaknu skupljenu na kukovima, već je u ulozi praktične i delotvorne građanke.

– Zar ne polazi u pola osam?

– Sad je sedam, Salvatore!

Otac mu donosi kafu s mlekom, predaje mu kesu sa sendvičima i pomorandžama.

– Za put.

– Hvala. Podsećaš me na mamu – kaže Salvatore, svestan da je to pohvala.

Njegov otac se smeška i grli ga. – Idi i živi. A onda ćeš mi pričati.

– Ti nemoj previše da samuješ.

– Moje povrće će mi praviti društvo. Javite se kad stignete.

Njegov otac zagrli i Alidu, odvrati pogled i dalje se smeškajući.

Odvlače kofere u pristanište, podižu ih i ukrcavaju se na trajekt, ne primetivši tačan trenutak kad su im se stopala odvojila od ostrva da na njega više ne zakorače. Možda se u tome skriva značenje izbora, u samom trenutku odvajanja, u biti i odmah zatim ne biti.

Ukrcavanje je brzo završeno, trajekt isplovljava iz luke, motori rade punom snagom, a ostrvo se smanjuje, bledi u daljini sve dok ne nestane.

Milano je nepromenjen, nadmen, prljav i beskrajan. Sitna iglićasta kiša dočekuje Alidu i Salvatorea, izbezumljene od sati provedenih u vozu, od neudobnosti kupea, od kašnjenja koje se povećavalo sa svakom stanicom.

Alidin rođak, Mateo, krupni tridesetšestogodišnjak, na sebi ima usku majicu koja mu ističe mišiće izvajane u teretani. Poljubio je Alidu u obraze i snažno stegao Salvatoreu ruku.

– Moj novi pomoćnik – kaže, uzevši dva kofera i izašavši ispred njih sa stanice.

Mateov auto je mali beli kombi pun starih novina umrljanih farbom. Smestili su kofere pa prešli, zaštićeni u kabini, gradske blokove sastavljene od zgrada iz devetnaestog veka okrenutih ka bulevarima s drvoredima i neboderima od dvadeset spratova okruženim obilaznicama auto-puta i benzinskim pumpama.

Njihov stan je na obodu predgrađa, na granici sa Sesto San Đovanijem, pored ogromnih industrijskih hala i gomila otpada koje se vide s prozora. Nalazi se na drugom spratu šestospratnice boje žalfije, s crnom buđi koja je geometrijskim oblicima išarala sobe okrenute ka severu. Nameštaj i kuhinja ne poštuju nikakve estetske kriterijume, sve škripi i liči na starudiju.

Mateo im je predao dva ključa, broj telefona vlasnika stana i papir ispisan rukom sa uslovima ugovora o najmu na crno.

Kad su ostali sami, Alida i Salvatore koracima naviknutim na otvoren prostor premeravaju ono malo kvadratnih metara koje imaju na raspolaganju. Dnevna soba sa čajnom kuhinjom, kupatilo s mat staklom na prozoru da bi ih zaštitilo od pogleda iz zgrade prekoputa i spavaća soba s bračnim krevetom i golom sijalicom koja visi s tavanice.

– Navići ćemo se – kaže Alida pa sedne na dušek; očigledno je očekivala nešto drugo.

– Na ostrvu bismo za osamsto evra mesečno unajmili omanju vilu. – Salvatore drži ruke u džepovima jakne, zgazi grudvicu prašine kao da gasi opušak.

– Prepuštam ti krevet – Alida se osmehne.

– Nemoj da izvodiš. Spavaću na kauču, deluje udobno.

– Siguran si da možeš da staneš?

– Ako ne budem mogao, savići noge.

– Osećam se krivom.

– Pusti to. Ovde je zagušljivo. – Salvatore se vrati u dnevnu sobu pa širom otvori francuski prozor kroz koji se izlazi na mali balkon sa izguljenom gvozdenom ogradom. Vazduh ima slatkast ukus benzina i izgorele plastike.

Alida mu priđe s leđa, primećuje zbunjenost u njegovom pogledu.

– U kući nema ništa za jelo, šta kažeš na to da siđemo u kupovinu? – Gleda ga puna nade, ne bi volela da on sad klone, želi da joj pokaže spremnost da pokuša. Kad bi Salvatore rekao „idemo", išla bi s njim na kraj sveta.

– Dobro. – S nepromenjenim izrazom lica Salvatore izlazi u hodnik. – Prekoputa ima jedna samoposluga.

Na odmorištu, Alida ga zagrli tražeći malo toplote kako bi se zaštitila od hladnih zidova i sivog neba koje ih čeka napolju. Salvatore je pomiluje po glavi, oseća kako im umor od puta načinje otpor. Silaze niza stepenice ne gubeći jedno drugo iz vida i izlaze na ulicu grčevito se držeći svog poznanstva u moru nepoznatih.

Prve nedelje su se privikavali. Alida i Salvatore su kontrategovi jedno drugom, opreznim pokretima pokušavaju da uspostave ravnotežu da ne bi pali. Suživot, zajedničko kupatilo, obavijaju ih iznenadnom prisnošću koja izaziva nelagodu i čini ih stidljivim.

Metroom se voze u grad. Idu na Trg Duomo, u Breru, na Kanale da jedu, mešaju se s turistima, fotografišu se. Mnogo pešače, umaraju se ne bi li mogli noću da spavaju i ublažili nemir.

Kad Alida potraži Salvatoreovu ruku, ili mu u restoranu pruži viljušku s dve njoke da ih proba, on se osvrće i misli na Đuliju, na mogućnost da je sretne.

U subotu uveče su otišli u bioskop, gledali neki romantični film i jeli kokice. Noću u Milanu, na bleštavo osvetljenim ulicama, njihovo ostrvo moglo bi da bude i priviđenje, toliko drugačije i daleko da liči na izmišljeno mesto.

Kod kuće ih čekaju ormari puni njihovih stvari, kauč koji zadobija forme njihovih leđa, naručena hrana u frižideru, knjige na policama. U tom tuđem gradu naseljavaju poznat prostor, brane ga brižljivo zaključanim bravama i spuštenim roletnama.

Alida ulazi u kupatilo da opere zube, skine se i odluči da obuče spavaćicu od crne svile s vezom i providnim delovima. Salvatore je opružen na kauču, spreman za spavanje, čita knjigu pod svetlom lampe spuštene na pod.

Kad je izašla, Alida je otišla do frižidera i otvorila ga iako nije bila ni gladna ni žedna, s jedinom nadom da će je Salvatore primetiti, da će videti njene obnažene noge, poriv da mu se približi od kojeg joj drhte vrhovi prstiju. Uzela je čašu pa sipala vodu sa česme. Okrenula se, jedna kap joj je pala na boso stopalo, ali nije dobila željenu pažnju.

Salvatore i dalje čita, sluša Alidu kako petlja po sobi, oseća kako se njen emotivni naboj sudara s tankom koricom knjige. Primećuje da je okrenuo stranu, a da se više ne seća koju priču knjiga želi da mu ispriča.

– Laku noć – prošapuće Alida, ne pomerajući se.

– 'Noć – odgovori Salvatore koji napokon spusti knjigu i vidi je.

U njihovim pogledima se mešaju suprotne struje, neizgovorene molbe, vlažne usne, spori pokreti, laka razočaranja.

– Spavaj noćas sa mnom. – Alida drži čašu obema rukama, miluje je i steže.

Salvatore ne može da odgovori, nije mu jasno da li je to pitanje, molba, naređenje.

Alida mu priđe, sedne na ivicu, poljubi ga u vrat, izražava želju narušenu ćutanjem, Salvatoreovim zagrljajem koji je zaustavlja i gasi.

– Hladno mi je – promrmlja Alida, pa se izvije, prekrsti ruke i ode u sobu. Brzo se zavuče u krevet, sklupča se privukavši kolena uz grudi i ne prestaje da drhti.

Salvatore nema misli koja se ne završava sećanjem na vođenje ljubavi sa Đulijom, na plažu na Rtu Tonara i stene na Rtu Kaladrita, na sobu u hostelu, na stan u planini.

Salvatore zna da će ujutru prestati da čeka, da će ustati i otići kod nje.

* * *

Sišao je na stanici Sant' Ambrođo, našao put ne pitajući za pravac, savršeno se seća svakog skretanja i imena ulica. Jedanaest je, nedelja pre podne, drvena kapija zgrade je zaključana, portira nema.

Pritisnuti dugme na interfonu isto je kao da je sve što ima stavio na kocku. Salvatore zažmuri i steže kapke, tri protekle godine zgušnjavaju se u brze fotograme, dok kažiprst pokreće električni signal koji stiže do Đulijinog stana.

Kad je čuo glas Đulijinog oca kako pita „Ko je?" Salvatore je shvatio da ne bi bilo nimalo uobičajeno izgovoriti svoje ime pred tom kapijom, da se nije najavio, da je njegova poseta potpuno neočekivana i da njenim roditeljima verovatno neće biti drago.

Ali mora da se najavi, nešto da kaže.

– Ovde Salvatore. – Trudi se da obuzda glas, da mu ne drhti.

– Ko? – Đulijin otac je sumnjičavo produžio „o".

– Salvatore, ostrvo, Đulija. – Tri reči koje su mu obeležile život.

– Popni se.

Kapija škljocne i otvori se. Salvatore pogne glavu i uđe, popne se uz tri stepenika pokriven crvenom stazom, prođe kroz hodnik pa izađe u unutrašnje dvorište. Pozove lift, oseća kako mu temperatura raste, otkopča jaknu, zavuče ruku u džep ne bi li se uverio da je tu koverta s novcem za avionsku kartu koji treba da vrati Đulijinom ocu.

Vazduh kao da se pretvorio u vodu, lift je akvarijum u kojem je teško kretati se i nemoguće disati.

Kad je stigao na sprat, modar je. Samo bi Đulijin zagrljaj mogao da ga smiri, učini podnošljivim okonosti. Ide ka vratima i zvoni.

Đulijin otac se ugojio, to je prvo što je pomislio čim mu je ovaj otvorio osmehujući se nimalo poletno.

– Kakvo lepo iznenađenje – kaže pomerivši se u stranu da bi ga pustio da uđe.

– Dobar dan, kako ste? – Salvatore uspe da osmotri malo toga, mada, dok se osvrće unaokolo, čini mu se da je u stanu previše mirno, kao da osim njih dvojice nema više nikog.

– Dobro, hvala. Izgledaš kao brodolomnik, stižeš pravo sa ostrva? – pita ga Đulijin otac praveći se duhovit, dok prolazi ispred njega u dnevnu sobu i seda u fotelju, gde je ostavio dnevne novine i naočare za čitanje.

Salvatore i dalje stoji, izvadi kovertu s novcem i preda mu je.

– Za mene? – začuđeno će Đulijin otac.

– Obećao sam vam da ću vratiti dug.

– Ne želim ga – strogo će čovek. – Bila mi je dužnost da ti kupim tu kartu.

– Moja je dužnost da vam vratim novac.

– Mnogo više će značiti tebi nego meni, zar ne?

Salvatore se ne osvrće na pitanje, za njega taj novac ne postoji, nevažan je, a on mu samo gubi vreme.

– Gde je Đulija? – pita. Grlo ga steže, u plućima nema vazduha, srce posrće i ne nalazi ritam.

– Nije ovde – odsečno će njen otac koji baca kovertu s novcem na sto i savija novine na kolenima. – Sedi – naredi mu.

– Možete li mi reći gde je Đulija trenutno? – Salvatore nakrivi glavu, govori sporo kao da se obraća nekom sa smanjenim intelektualnim sposobnostima.

– Sedi – ponovi otac.

Salvatore ga posluša, prekrsti nervozne ruke, dođe mu da skoči na njega i izvuče kratak i precizan odgovor koji će ga izvući iz nelagode.

– Otputovala je pre nekoliko dana. – Đulijin otac ga gleda ne skrivajući izvesno zadovoljstvo.

– Kad se vraća? – Salvatore bi bio spreman da klekne za ohrabrujući odgovor.

– Ko to zna.

– Molim vas.

– Znaš li ti koliko je meni i mojoj ženi trebalo da joj izbijemo iz glave tebe, ostrvo i sve ono što je iz toga proisteklo?

– Znam da niste uspeli.

– Varaš se, dragi moj. Đulija je daleko i možda se nikad neće vratiti. Pred njom je nov, briljantan život. Život koji ne uključuje tebe.

– Kažite mi kuda je otišla.

– Zašto? Šta bi da uradiš? Da sedneš u avion i pridružiš joj se? Za to bi ti trebalo mnogo novca.

– Sâm ću je naći. – Salvatore ustane i ode do vrata ne bi li što pre izašao. Bori se s kvakom, očajan, oseća kako mu se znoj sliva niz čelo.

– Sačekaj, ja ću. – Đulijin otac je iza njega, ton mu je omekšao, zna da je izvojevao laku pobedu.

– U Njujorku je – kaže mu otvorivši vrata. – Prešla je na tamošnji univerzitet. Arhitektura, kao ja – kaže ponosno, dok Salvatore ponovo vidi Đuliju u kadi na planini kako mu govori da bi volela da studira biologiju mora ili nešto slično, i da je san njenog oca da postane arhitekta.

Salvatore ništa ne može da kaže, narednih dana naći će stotine izraza koji su mogli da mu pruže mršavu utehu, ali ništa ne bi promenili.

– Zaboravi je – kaže mu Đulijin otac. – To ti je prijateljski savet. Ona je tebe zaboravila.

Ulice Milana su reke ljudi, automobila, gužve, misli koje izmiču sa strujom. Salvatore ih prelazi, gazi po njima gnevan kao da na tom svetu postoji osveta koja se ne može izvršiti. Steže vilicu, oči su mu dva proreza, pesnice stisnute. Nijedan poziv svog uma na mir ne čuje i odmah ga odbacuje. Zatvara se u začarani krug besneći na sebe što nije pisao Đuliji, na Đuliju što je otišla, na njene roditelje koji su im uvek postavljali prepreke pa i dalje to rade, čak i na Alidu, koja ga je ubedila da dođe i postane niko i ništa usred dva miliona ljudi.

Uđe u metro ne mareći za pravac kojim se kreće i završava na poslednjoj stanici na jugu, koja je ista kao poslednja stanica na severu, a ova je verovatno ista kao ona na istoku i zapadu. Oblici građevina, propadanje, lica ljudi, sve izgleda potpuno isto.

Salvatore sedne na mermernu klupu punu zgnječenih pocrnelih opušaka. Glavu je obuhvatio rukama da mu se ne bi rasprsla, pokušava da plače i neočekivano suze mu navru na oči i padaju na tlo. U njima je teško odrastanje, spoznavanje i prihvatanje sebe, prepoznavanje mana i grešaka, krivica i pretrpljene nepravde.

Jedna stara sedokosa gospođa u crnim pantalonama i ružičastom džemperu sedne pored njega.

– Treba li vam pomoć? – pita ga glasom za koji bi on voleo da liči na glas njegove majke. Ona bi razumela.

Salvatore obriše suze nadlanicom, pogleda u gospođu i osmehne joj se.

– Ne, hvala. Ovo je samo nešto trenutno.

– Nadam se da će brzo proći. – Gospođa uzvraća osmeh. Pogleda na sat, proveri vreme dolaska sledeće kompozicije.

– Proći će, to je sigurno.

– Poznat mi je vaš akcenat.

– Dolazim s jednog ostrva koje je postalo prilično poznato poslednjih godina.

– Sa ostrva migranata?

– Nikad ga nisam tako zvao, ali je zgodno ime.

– Bila sam tamo, odavno.

– Stvarno?

– Ostale su mi divne uspomene. Ima tamo jedno mesto na koje sam išla svako veče posle plaže, bila sam mlada i volela sam da pešačim, odande se videla Afrika.

– Rt Kaladrita.

– Kako?

– To mesto, mi ga zovemo Rt Kaladrita. I ja sam stalno išao tamo.

– Onda, kad se budete vratili, pozdravite ga i od mene. – Gospođa izvadi knjigu iz torbe pa ustane da sačeka voz.

– Svakako – Salvatore se trgne, zaključi da je vreme da se vrati. Pozdravi se s gospođom, koja podigne ruku i ponovo se osmehne.

Kuća je utonula u mrak. Roletne su spuštene, a ono malo svetla tog kišnog popodneva ostaje napolju. Salvatore najpre pomisli kako je Alida izašla u kupovinu da bi ga izbegla. Izuje se, otvori frižider i sipa sebi sok od pomorandže. Nije jeo i gladan je.

Život u Milanu, u tom tuđem stanu, izaziva mu mučninu. On i Đulija su se navikli na daljinu, ona je deo njihovog života, ali

Njujork mu se čini nedostižnim, pogrešnim. Zamišlja ulice i nebodere i Đuliju kako hoda među ljudima s torbom preko ramena, deo jednog sveta iz kojeg je on isključen.

Nasloni se na radnu površinu u kuhinji, pokuša da se suprotstavi gluvom osećaju ljubomore koji u njegovoj glavi stvara beskrajan niz zagrljaja, sastanaka s ljudima bez lica, praznih soba i zgužvanih čaršava. Đulijino telo, čiji, mislio je, svaki detalj poznaje, sad je bleda kopija, preklapa se s drugim telima.

Iz sobe dopire neki zvuk, Alida je još u krevetu. Salvatore ode do nje, čuje njeno disanje, oseća njen pogled na sebi.

Skine se, nagonski preobražen, obuzet odjekom jednog uzbuđenja koje nema ništa zajedničko s ljubavlju.

Alida je topla, briše tragove Salvatoreovih suza ostalih na poslednjoj stanici metroa. Ponekad podudarnosti imaju mehanizam koji se savršeno uklapa, usamljenosti se sretnu i nestanu. Alida i Salvatore se privijaju jedno uz drugo, ljube, bore se u mraku.

Ošamućeni od očiglednih tragova zanosa, od ogrebotina od noktiju na koži, opruže se na leđa dok misli ponovo lete, ruke se traže nesigurne u ono što su našle. Minuti donose nove talase, koji se valjaju sporijim, svesnijim ritmom. Izlaze iz jednog života i ulaze u drugi, oslobođeni očekivanja koja će ih sustići, konopaca koji će pokušati da ih vežu do bola i, mada samo na trenutak, rasterećeni prošlosti.

Alidi oči sijaju, svetionici su koji pomažu Salvatoreu da ne zaluta, da se ne prepusti malodušnosti. Svetionici koji svetlo usmeravaju ka određenim tačkama, koji skrivaju širi kontekst u korist onog nepotpunog. Kolevka u kojoj se godinama može spavati, sačinjena od niza sitnica, od mnogo malih misli gurnutih u stranu i od pitanja bez odgovora.

Salvatore je počeo da radi s Mateom, koji dolazi po njega kombijem u pola osam ujutru i vozi ga u stanove ili vile. Pomeraju nameštaj, pokrivaju pod novinama, stružu boju sa zidova, spremaju farbe koje nanose valjcima i četkima. Salvatore brzo uči, beli zidovi pomažu mu da se udalji, da prekreči ono što mu nedostaje. Ulazi u kuće, zauzima prostore i intimu gospođa s papilotnama, muškaraca u odelima s kravatom koji daju uputstva pre nego što odu u kancelariju, s decom koja viču, psima, mačkama, crvenim ribicama.

Po povratku, Alida ga dočekuje sa osmehom, gleda mu kosu ne bi li uklonila tragove sasušene farbe i šalje ga na tuširanje. Miris pene za kupanje samo delimično odstranjuje jedak vonj koji Salvatore udiše po ceo dan, koji oseća pre nego što zaspi i kad se probudi. Vonj koji počinje da mrzi, koji zamenjuje miris mora.

Tržni centar u kojem radi Alida nalazi se na drugom kraju grada. Alida ustaje u sedam ujutru, ulazi u metro, zatim u autobus, treba joj sat vremena pre nego što joj očitaju magnetni bedž i napokon uđe u kancelariju. Uveče se vraća u osam, donosi polupripremljenu večeru koju kupuje na sniženjima za zaposlene. Stavi je u mikrotalasnu pećnicu i nekoliko sekundi kasnije sedne za sto koji je Salvatore postavio.

Kad je primila prvu platu, pozvala je Salvatorea na večeru u jedan restoran na Kanalima. Obukla je crnu mini-suknju, dekoltiranu bluzu i obula cipele s visokom potpeticom. Privlači poglede muškaraca na koje nailaze, dok hoda podruku sa Salvatoreom i vidi samo njega.

– Hladno je – kaže mu privijajući se uz njega, s crvenim ružem na usnama i ispeglanom nalektrisanom kosom. – O čemu razmišljaš? – pita ga.

– O razlikama. – Salvatore posmatra crnu vodu kanala. – Gde bi volela da si sad?

Pitanje na koje Alida odgovara bez razmišljanja, zbog kojeg se oseća ogoljena pred Salvatoreovim nezadovoljstvom.

– Upravo ovde gde jesam. S tobom.

– Kad bi mogla da biraš.

– Izabrala sam. Nisi ubeđen?

– Život u Milanu nije jednostavan.

– Nigde nije. Salvatore, pogledaj me. – Alida ga uhvati za ruku koja je pridržava, nasloni se na zid na nasipu.

Salvatore je naspram nje, njegov pogled je kao magnetom privučen vodom koja kao da se ne pomera, a zapravo polako teče.

Alida ga pomiluje po neobrijanoj bradi, na potpeticama nije teško dohvatiti njegove usne i poljubiti ga.

– Želim da znaš nešto. – Alida mu govori tik uz lice, on udiše njene reči. – Možeš da se vratiš kući ako želiš, znam da posao molera nije ono o čemu si sanjao, da nam je stan sumoran, da se s prozora ne vidi more, ali odlučili smo da pokušamo, da izazovemo svet i vidimo šta nam nudi. A ja sam uz tebe zato što... – Glas joj zamre u grlu, stegne pesnice kojima drži revere Salvatoreovog sakoa.

– Zato što mi je stalo, zato što... – Popusti stisak, otvori tašnu pa izvadi papire presavijene napola. – Htela sam da ti ih dam u restoranu, ali ti sve uvek pokvariš.

– Nije istina. Kakvi su to papiri?

Ona ih prinese svetlu jedne ulične svetiljke pa naglas pročita zaglavlje: – Univerzitet u Milanu, Filološki fakultet.

– Ne mogu da verujem.

– To su samo obrasci za upis, svratila sam pre neki dan da ih uzmem, na povratku kući. Već neko vreme razmišljam o tome. Volela bih da imaš mogućnost da biraš, da se uveriš da je moguće.

Salvatore čita odštampane reči: – „Ja, dolepotpisani", kao i one koje je Alida popunila rukom. Adresa stanovanja je milanska, mesto i datum rođenja ispravni.

– Nedostaje samo tvoj potpis. – Alida već ima olovku u ruci.

– Pravi si đavo – kaže Salvatore držeći u ruci prošlost i budućnost: nikad nisu bili tako blizu jedno drugom, sad je na njemu da ih ujedini.

– Volim te. – Alida mu uliva poverenje i još nešto što raste pod zemljom i hrani se takvim gestovima.

– To nije odluka koju mogu da donesem tako naprečac. – Salvatore ponovo zuri u kanal i oseća da upravo to treba da uradi.

– Hoćeš da razmisliš još koju godinu? Možda da se u šezdesetoj upišeš na univerzitet za treće doba?

– Daj mi olovku i okreni se.

Alida mu okrene leđa i oseća, kroz slojeve tkanine, pritisak Salvatoreove ruke, pisana slova njegovog imena i prezimena koja slede jedno za drugim na papiru i daju smisao njihovom putovanju i njihovom zajedničkom životu.

Večera je veoma ukusna, sa svećom na stolu koja se smanjuje pod njihovim pogledima i iščekivanjem onog što će se dogoditi. Salvatore miluje Alidino lice, njene savršene male ušne školjke, svestan da bi bez nje ostao u mraku i samosažaljevao se, podizao, ciglu po ciglu, visoke odbrambene zidove i sakupljao opravdanja za sopstvene neuspehe. Toliko je lako zaboraviti najambicioznije snove koji se privremeno traže, koji odvraćaju pažnju, započinjući trku koja je bekstvo od samog sebe i može trajati do izmaka snaga, do pogubnog svođenja računa.

U noćnim ulicama Alida i Salvatore su par, iako bi iz samoodbrane to porekli. Osluškuju zvuk svojih koraka, čekaju autobus koji će ih odvesti kući, prožeti napetošću od koje im je osetljiv svaki pedalj nage kože. Zatvaraju blindirana vrata, nalećo zagrljeni na nameštaj, obaraju sa stola ključeve, knjige i račune, dok skidaju deo po deo odeće i ostaju nagi. Premeste se na kauč, odu u spavaću sobu, uče sopstvena ispoljavanja lišena prepreka, ritam ubrzanog disanja, kratke trenutke sreće.

Dvadeset trećeg decembra Salvatoreov otac im je došao u posetu. Alida i Salvatore su mu rezervisali avionsku kartu, objasnili mu kako da preda prtljag, gde da sedne, kako će izgledati poletanje i sletanje, i nadali su se da ga strah od prvog letenja neće navesti da se predomisli.

Vozom su otišli na aerodrom *Malpensa*, a kad su ga videli kako izlazi na klizna vrata dolazaka, u košulji i pamučnoj jakni prebačenoj preko ramena, odmah su shvatili da će morati da mu kupe topao kaput.

– Za sutra je predviđen sneg – kaže mu Salvatore grleći ga.

– Imam neke džempere u torbi. Nisam blesav – buni se njegov otac dok ljubi Alidu i kaže joj da divno izgleda.

– Ali ti si malo bled – kaže Salvatoreu.

– Biće da je od farbe koja me izbeljuje.

– Tražiš li drugi posao?

– Nemam vremena.

– Trebalo bi da ga promeniš. Ne sviđa mi se što nisi prijavljen.

– Imam jedno iznenađenje – odvrati mu Salvatore.

– Upisao si se na fakultet? – nagađa njegov otac.

Salvatore se naglo okrene ka Alidi, koja, međutim, izgleda jednako iznenađeno i podignutim rukama odbija optužbu da ga je ona odala.

– Otkud znaš? – pita razočaran.

– Nemoj mi reći da je istina. – Njegov otac ispusti torbu na pod i ponosno gleda sina.

Salvatore izvati indeks i pruži mu ga. – To je trebalo da bude iznenađenje.

– I jeste! – Otac ga ponovo zagrli.

U vozu, Salvatoreov otac, koji nikad nije bio pričljiv, nastavlja da priča, postavlja pitanja o ispitima, o udžbenicima iz kojih njegov sin treba da uči, zadovoljan odlukom na koju ga nije terao, ali je znao da bi mogla biti doneta.

Kad su izašli iz metroa, Salvatore posmatra postindustrijsku panoramu njihove četvrti i ne može da se ne stidi sivila koje ih okružuje i stana u kojem živi sa Alidom. Čini mu se da je razlika između ostrva i tog okruženja tako velika da ostavlja bez reči, da je jedno definicija ružnoće, a drugo lepote.

Po podne Alida ode na posao, a Salvatore i njegov otac krenu u obilazak centra. Među njih se uvlače veličanstvenost spomenika, zgrade od mermera i kamena, prostrani trgovi, te se osvrću izgubljeni, bez uobičajenih orijentira gole zemlje.

Popiju aperitiv u jednoj knjižari s kafeom sa izlozima okrenutim ka Trgu Duomo. Fotelje su udobne, čitaju jelovnik, gledaju osvetljenu katedralu, ogromnu božićnu jelku na trgu, praznične ukrase i ušuškane ljude s paketima punim poklona.

Salvatoreov izraz lica se menja, ukočio se, njegov otac primećuje, nagne se ka njemu i stegne ga za koleno.

– Šta je bilo, Salvatore?

– Čini mi se da se vrtim uprazno, da više ne znam šta je ispravno a šta pogrešno, da nemam pravo na grešku.

Njegov otac otpije narandžasto piće iz čaše, nasloni se u fotelji.

– Možda je to zbog Đulije – prizna Salvatore.

– Šta hoćeš da kažeš?

– Da je ona na drugom kraju sveta. Otišla je da studira u Americi.

– Stiglo je pismo od nje. – Njegov otac izvadi iz unutrašnjeg džepa ružičastu kovertu i drži je u rukama. – Ali nisam siguran da je pametno da ti ga dam.

– Zašto? – Salvatore gleda kovertu i osmehuje se.

– Kako ide sa Alidom?

– Živimo zajedno, štitimo jedno drugo. Brzo se navikla, grad joj se sviđa, ostrvo je za nju bilo samo usputna stanica.

– Primetio si kako te gleda?

– Tata.

– Zaljubljena je u tebe.

– Tata, molim te, prestani.

Salvatore pocrveni, suočen sa sebičnošću koja mu ne dozvoljava da prizna da je njegov otac u pravu, prestravljen pred pomišlju da će izgubiti naklonost i nežnost koji ga drže na nogama ne dozvoljavajući mu da se sunovrati.

– Poštuj je i ne dozvoli da pati. – Njegov otac ustane i stavi mu ružičastu kovertu na krilo. – Idem u toalet. Pročitaj ga na miru.

Salvatoreu drhte ruke, primećuje markice i pečate američkih pošta. Datum je od sredine oktobra.

Dragi Salvatore, dragi Salvo, dragi Too-to ili samo dragi. Pišem ti iako ti meni odavno nisi pisao, i radim to zato što je nešto najlepše znati da ćeš ga pročitati, da si ti uvek tu, kao naše ostrvo. U avionu sam koji me nosi u Njujork, gde ću studirati i raditi u arhitektonskom ateljeu prijatelja mog oca. Imam devet sati da ti pišem i samo ovaj papir da ispunim. Želim da izaberem najbolje reči, da sažmem misli i odbacim one beskorisne. Nadam se da u američkim papirnicama drže ružičaste koverte, imam samo jednu sa sobom i poslaću je sa aerodroma, čim sletimo. Doći ću u Milano za božićne praznike, imam rezervisanu kartu i odande ću ti svakako pisati...

Salvatore prekine čitanje, pogleda goste u knjižari koji sede za drugim stolovima, traži Đulijino lice koje bi moglo biti upravo tu, na korak od njega. Završi čitanje ništa ne primećujući, obuzet zebnjom koja ga natera da se pokrene, i to što pre.

Njegov otac se vrati iz toaleta i zatekne ga s plaćenim računom u jednoj ruci i s jaknom u drugoj.

– Šta bi?

– Moramo da idemo. Moram nešto da uradim.

– Đulija.

– Da, tata.

Njegov otac uzme jaknu i pođe za njim niza stepenice i napolje na hladan, vlažan vazduh.

– Idi crvenom linijom – kaže mu Salvatore pokazavši mu na stanicu metroa i podsetivši ga na stanicu na kojoj treba da siđe. – Ovo su ključevi od stana, jesi li zapamtio kako da stigneš?

– Ako ti kažem ne, hoćeš li poći sa mnom? – Njegov otac ubaci ključeve u džep i stavi rukavice.

– Da.

– Neću se izgubiti, idi.

– Izvini.

Salvatore krene, zatim se okrene i kaže: – Videćemo se na večeri. Alida se vraća u osam.

Otac ga posmatra kako se udaljava, kako ga guta mnoštvo ljudi koji idu tamo-amo.

Mogao bi da joj telefonira, bilo bi lakše, ali prekršio bi dogovor o koji su se oglušili samo kad je bilo hitno. Njihov glas je osvajanje, a ne poklon.

Salvatore zaobilazi ljude u prolazu, ubrzava, od toga mu ubrzava srce i ritam đonova po pločniku.

Stiže pred kapiju Đulijine zgrade bez ikakvih drugih misli osim da pita za nju.

Portir ga posmatra, podiže slušalicu i pre nego što ukuca broj, pita: – Koga treba da najavim?

Salvatore zbunjeno odmahne glavom, bio je siguran da je neće naći i tek sad primećuje da mu ponestaje dah.

– Hoćete da kažete da je Đulija gore?

– Vi ste momak sa ostrva? – Portir ga prepoznaje, menja milanski akcenat naučen s godinama službe i prelazi na urođeni napolitanski.

Salvatore pocrveni, možda je Đulijin otac okačio u portirnici njegovu sliku i naredio da ga ne pušta.

Klimne glavom, spreman da pobegne.

– Mnogo mi je pričala o vama gospođica Đulija. Kad god bi izašla da pošalje jednu od tih ružičastih koverti, pokazivala mi ju je kao da mi poverava neku tajnu.

Salvatore se još više zajapurio, shvati da drži pismo u ruci.

– Sećam se kad ste bili ovde pre nekoliko godina. – Portir se namrši, nasluti nešto. – Je li ovo iznenađenje?

– Da.

– Onda ga treba dobro pripremiti. Gospođica je stigla pre nekoliko sati.

Potvrda da je Đulija tu, da ih dele samo podovi i tavanice, izoštrava opažanja za koja nije spreman.

Portir ukuca broj, klimanjem glave umiri Salvatorea pa tiho kaže: – Ja ću se pobrinuti za to.

– Dobar dan, Đulija, izvinite što vam smetam, hteo sam da vas zamolim ako možete da siđete u portirnicu. Jedno od pisama u ružičastoj koverti vratilo se pošiljaocu.

Portir spusti slušalicu i stegne pesnicu u znak pobede.

– Uspelo je, odmah će sići. Stanite tamo – pokaže Salvatoreu. – Čim se lift otvori, videće vas. A ja ne bih da propustim scenu.

Dugme za pozivanje lifta zasvetli. Salvatore gleda portira, koji kao da je uzbuđen isto koliko i on, i dođe mu da se nasmeje.

Đulija, ili njena nova verzija, s više detalja i dubine, ukaže se pred njim kao priviđenje, kao da ih je neki vihor podigao pre tri godine pa ih tresnuo o zemlju.

Prva dva koraka izvan lifta načinila je pognute glave, sve dok nije spazila Salvatorea, a onda se sve promenilo.

Izraz njenog lica najpre je ozbiljan, potom pokazuje nevericu i naposletku sreću. Pogledi su bez reči, skrivene poruke razmenjene naročitom i uzdržanom učestalošću.

Zagrljaj je onaj koji su mnogo puta razmenili kad bi se ponovo videli, na pristaništu, leti, ispred jedne milanske gimnazije i tu, s portirom zgrade, koji je ganut i navija za njih.

Ponovo biti zajedno jednostavno znači biti zajedno kao uvek.

Izađu na ulicu, hodaju besciljno, zastaju, gledaju se, dodiruju se ne bi li se uverili da ne sanjaju. Seđaju na klupu malog parka s tri drveta i jednom korpom za otpatke.

– Kad si stigao? – pita ga Đulija koja ne zadržava suze što su joj grunule na oči.

– Kad si ti stigla? Mesecima te čekam. Sad živim ovde. – Salvatore posmatra stroga pročelja s početka devetnaestog veka, tako jednostavna i otmena, toliko različita od onih u predgrađu u kojem kao da živi u drugom gradu.

– U Milanu?

– Na ostrvu je pakao. Morali smo da odemo.

– Ti i tvoj otac?

– Ne, moj otac je ostao. Više se ne bavi ribolovom, sad ima povrtnjak.

– Ti i neka devojka?

Salvatore ne želi da joj govori o njoj, ali ne želi ni da laže.

– Da, zove se Alida, poznaješ je. Ćerka pekara koji se preselio u Bolonju.

Đulija navlači rubove kaputa oko sebe, gleda u koru jednog drveta na kojoj je urezano srce sa inicijalima dvoje zaljubljenih i misli kako njih dvoje ne bi urezali inicijale na kori, kako su njih dvoje sâmo korenje tog drveta.

– Jesi li zaljubljen u nju?

Đulijino pitanje je prošaputano, ali stiže do Salvatoreovih ušiju kao krik.

– Đulija, ja sam zaljubljen u tebe. – Izjava za koju je Salvatore želeo da je bila snažnija, jer je zazvučala umorno i uvelo.

– Nisi mi pisao, tri godine ne znam ništa o onome što ti se događa.

– Sto puta sam pročitao svako tvoje pismo, i svaki put bezuspešno pokušao da ti odgovorim. Mnogo toga se dogodilo, samo sam čekao da te ponovo vidim. – Salvatore prebaci ruku Đuliji preko ramena, približi je sebi.

– Ostala sam zarobljena posle one Nove godine. Godinu dana sam izlazila iz kuće samo da bih otišla u školu, zatim i na fakultet. Mislila sam da me mrziš.

– Žao mi je.

– I meni, Salvatore, volela bih da sam mogla da budem uz tebe.

– Bila si. Više nego što možeš da zamisliš. – Salvatore traži Đulijino lice, njene usne koje su prvi put čak i izbliza daleko.

– Sviđa li ti se Njujork?

– Grad je očaravajući, ali prenaseljen, zamršen, mnogo više od Milana.

– Imaš li dečka?

Đulija ga gleda, a Salvatore s bolom otkriva crte i lepotu njenog lica.

– Zove se Frenk. Izlazimo tri nedelje.

Salvatore prihvati udarac, primi ga pravo u lice bez zaštite.

– Pričaj mi o ostrvu. Čitala sam o odbijanju, o prenatrpanosti, o pobuni. – Đulija stavi ruku u njegovu, isprepliću prste.

Salvatore počne da priča, oseća da je ona jedina koja može razumeti njegove misli naslagane u uglovima sećanja, da je slika dečkića na žalu na Rtu Tonara deo njihove zajedničke priče i da ih je načinila onakvim kakvi su sada. Priča joj o časovima italijanskog, o podučavanju i pre svega o onom što je i sâm naučio, o Alidi, o Fedeleu, koji je ko zna gde u Evropi u potrazi za svojom devojkom.

– Volela bih lično da upoznam one koji dolaze na naše ostrvo, da odem u Afriku, da razumem. Jedva čekam da diplomiram i da radim nešto stvarno.

– I ja jedva čekam da diplomiram.

Đulija se okrene prema njemu razrogačenih očiju.

– E da.

– Književnost? – uzvikne Đulija, pa ga zagrli pronašavši neizmenjene polet i zbijenost njihovih tela.

– Danju radim kao moler, noću učim. Kakav Njujork, buran je moj život na pragu Sesto San Đovanija.

Đulija i Salvatore se smeju i napokon uživaju u sadašnjosti pošto su razmenili novine o prošlosti.

– Mora da je tvoj otac veoma ponosan na tebe.

– A ti?

– I ja sam.

Kratka tišina prene ih iz sna i povrati u stvarnost vremena koje protiče.

Đulija pogleda na sat, kaže: – Moram da idem na večeru s mojima. Sutra idemo na planinu, tamo ćemo provesti Božić.

– Kad se vraćaš? – pita je Salvatore, ne verujući da se njihov susret već završava.

– Dvadeset devetog. A tridesetog ujutru imam let za Ameriku.

– Tako brzo.

– Nažalost.

Ustali su i zaputili se ka Đulijinoj kući. Hodaju posmatrajući stopala, osluškujući korake, brojeći ono malo mogućnosti koje im pruža sudbina ili haos.

– Tražio bi me po celoj Evropi, kao što to radi tvoj prijatelj? – Đulija se jedva primetno osmehne, stoji naspram njega i drži ga za okovratnik jakne. Drvena kapija na zgradi ponovo je granica koja će ih uskoro razdvojiti.

– Tražio sam te, i našao sam te.

– Bilo je ovo prelepo iznenađenje. Mogla sam da umrem od srčanog udara.

– Hoćemo li se videti pre tvog odlaska?

– Dođi 29. uveče.

– Računaj na to.

A onda taj trenutak koji je neizbežan i koji stiže. Poljubac, mek i spor, ruke koje se razdvajaju, tkanine koje su naelektrisane i koraci u suprotnom smeru. Razdvajanje čestica i pažnje, oštri preseci i preskočen otkucaj srca koji se nikad neće povratiti.

* * *

Salvatore uključi mobilni i vidi Alidine pozive i poruke. Trči niza stepenice metroa iako je već kasno. Oseća Đulijin miris na vratu, esenciju badema u kosi i veruje da mu je na licu ispisan njen poljubac i značenje tog zakašnjenja.

Kad je otvorio vrata stana, zatekao je sto postavljen za njega. Njegov otac i Alida sede na kauču i razgovaraju.

– Napokon – kaže njegov otac, ustaje, zavuče ruke u džepove pantalona i osmehom pokuša da ublaži napetost.

– Izvinite. Već ste jeli? – pita Salvatore okačivši jaknu u hodniku i izuvši se.

– Pola deset je – zaključi Alida, i dalje sedeći prekrštenih nogu. – Gde si bio? – pita ne odvajajući pogled od njegovih očiju, podsećajući ga na nove odgovornosti.

Salvatore procenjuje laži i istinu, na brzinu odlučuje, iako zna da će je povrediti.

– Video sam se sa Đulijom – prizna okrenut leđima, petljajući s tiganjima s večerom koju je spremila Alida. Rižoto s pečurkama i omlet s tikvicama.

– Sad živi u Njujorku, vratila se za božićne praznike. – Salvatore sedne za sto, usredsredi se na tanjir, na hladan pirinač koji je sigurno bio veoma ukusan, ali sad se, iz osvete, pretvorio u beton.

Alida ustane, poljubi Salvatoreovog oca. – Sutra rano ustajem, u tržnom centru će biti ludnica. Laku noć.

Njene patike se optužujuće vuku po pločicama, jasno izražavaju razočaranje, kreću u kupatilo, a zatim u sobu, ne zaustavljajući se ispred Salvatorea.

– Kako je bilo? – pita ga otac, koji je seo za sto s njim.

– Kao uvek. – Salvatore ga gleda i zna da njegov otac misli na svoju ženu.

– Hoćeš li je ponovo videti?

– Još jednom.

– Šta misliš da radiš?

– Ne znam, tata. Ništa se ne može uraditi. Ona odlazi za nekoliko dana.

– Moraš odlučiti. Ne možeš držati Alidu u neizvesnosti.

Salvatore bi voleo da kaže nešto o nepreuzetim obavezama i nepotpisanim ugovorima, ali bila bi to nemušta odbrana, maska koja mu ne priliči. Ćutke prihvata očev savet.

Zajedno raspreme sto, kao da su kod kuće, ponovo razgovaraju o ostrvu i iskrcavanjima, popiju po jedan gorki liker. Njegov otac izvadi neku kesu iz torbe pa na stolu razaspe fotografije. Skoro na svakoj je njegova majka, smeje se, osmehuje ili je nadurena, drži za ruku muža kao mlada, drži u naručju Salvatorea, kovrdžave kose koja joj pada na lice, na plaži je u bikiniju, ili na Rtu Kaladrita, kao da je vetar nosi.

– Voleo bih da imaš neku njenu fotografiju – kaže mu otac, koji odozgo posmatra slike sažetka svog života.

– Koliko njih mogu da zadržim?

– Sve. Za tebe sam ih odštampao.

– I ovu? – Salvatore se osmehuje, gleda svoju majku koja drži za ruku Đuliju, dok on iz pozadine posmatra opčinjen.

– Lepa je slika.

– Istina.

– Pogledaj ovu. – Njegov otac je na čamcu, ima mornarsku kapu na glavi, podseća na Salvatorea. – Isti smo.

– Ja sam bio lepši.

Smeju se, prisećaju se kako im je bilo zajedno i proživljavaju odjek tog osećaja.

Kasnije, u krevetu, Salvatore se sudara sa Alidinim krutim leđima, ona se pravi da spava, a njemu dođe da pobegne. Pomiluje je po ruci i ramenu, celu noć ostane pored nje, ali ujutru zatekne njenu polovinu dušeka praznu. Čaršavi su hladni, nije ostao ni trag od njenog prisustva, osim stvari koje ništa ne govore.

Salvatore uzme Alidinu vlas kose zalepljenu na jastuk, drži je, pokida. Posmatra mesto kidanja, nevidljivo, nezaceljivu površinu. Ostaje mu da shvati šta se još pokidalo i gde.

* * *

Salvatoreov otac je otputovao na Sveti Stefan. Zagrlio je Alidu i Salvatorea ispred aerodromskog prolaska kroz kontrolu prtljaga i, uprkos prividu, misli da će oni prevazići krizu i nastaviti jedno drugo da podržavaju na toj tuđoj teritoriji, da će imati dovoljno zajedničkih privezišta da se ne izgube. Biti zajedno nije ništa drugo do zbir slučajnih događaja ujedinjenih zajedničkim izborom.

Alida hoda pored Salvatorea i odgovara s da i ne na njegova pitanja, pretvara se u santu bodljikavog leda, u neuhvatljivu priliku koja radi po dvanaest sati dnevno. Čita neku knjigu na kauču, s pokrivačem preko nogu i živi na njenim stranicama da ne bi živela u tom stanu i bila tu s njim. Sklanja se u kupatilo, izlazi u flanelskoj pidžami broj većoj i zavlači se u krevet, mrakom odbijajući razgovore i razjašnjenja.

Dvadeset devetog uveče Salvatore je izašao iz kuće pre nego što se Alida vratila s posla. Uzeo je papir i zapisao *Brzo se vraćam*, potom je shvatio da zapravo ne zna da li će se zaista brzo vratiti pa ga je bacio u smeće. Ugasio je svetla, zatvorio vrata i ostavio stvari onakve kakve su.

Dugoočekivani sneg se istopio s kišom, nije se nakupio na pločnicima ni na ivičnjacima kao kad je prvi put bio u Milanu. Grad nije više nedokučivi lavirint uglova i velikih trgova, Salvatore prolazi njime ne primećujući nikakav detalj, hoda u žurbi tipičnoj za one koji žive u jednom mestu bez obzorja.

Zaustavi se pred Đulijinom zgradom, posmatra je dok zagrejan otkopčava jaknu. Okviri prozora, drveni kapci, mermer i kamen geometrijskih oblika obeležje su otmenosti koja zahteva ozbiljnost.

– Dobro veče. – Portir izađe iz zadnjeg sobička, spontanim pokretom namesti čvor kravate.

– Treba da se vidim sa Đulijom. – Salvatore traži saučesništvo od pre nekoliko dana.

Portir izvije usne naniže i raširi prazne ruke.

– Đulija nije tu – kaže mu tonom koji se Salvatoreu ne sviđa.

– Još se nije vratila s planine? – pita s mislima namerno ugašenim.

– Vratila se danas po podne da uzme kofere i ode na aerodrom.

– Nemoguće. – Salvatore bi voleo da je pogrešno razumeo, da portir promeni izraz lica, da se nakašlje i promeni stvarnost.

– Žao mi je, otputovala je u Ameriku. – Portir zaobilazi pult u portirnici, uzme iz fioke za dokumenta jednu ružičastu kovertu i pruži mu je.

– Ostavila vam je ovo.

Salvatore ozlojeđeno gleda pismo, simbol teške izdaje, date i neodržane reči. Prvi poriv mu je da je pocepa na hiljade komadića, očigledan čin koji bi portir detaljno preneo Đuliji. Ali zadovoljstvo bi prošlo posle nekoliko sekundi, a mesecima bi ga izjedalo što ne zna šta je u njemu pisalo.

Salvatore veruje drugom porivu, koji preskače bes i već postaje bol. Zgrabi poznatu a ipak tako tuđu kovertu, dostojanstveno se pozdravi s portirom i izađe u ledeni grad.

Hoda pogleda prikovanog za crni asfalt i kamene kocke, ne primećuje da pravi krug, da troši đonove i uzdahe, da savija kovertu prstima ukočenim od hladnoće. Sve dok se ne nađe ispred klupe s tri drveta i korpom za smeće. Klupe na kojoj su on i Đulija sedeli nekoliko dana ranije, a otad kao da je prošlo mnogo vremena.

Sedne i otvori pismo, u kojem se nalazi jedan list papira s nekoliko redaka napisanih špicastim pisanim slovima.

Dragi Salvatore, to što sam te ponovo videla bio je neočekivan poklon. Počela sam da se osmehujem i više nisam prestala, od potisnute sreće koju samo ti znaš da mi pružiš, koja dugo traje. Naša udaljenost je breme i blagoslov, stalna misao koja nas čvrsto veže. Izvini što te je umesto mene dočekalo ovo pismo, što ti nisam rekla istinu. Da sam te sačekala, ne bih smogla snage da otputujem, a sigurna sam da bi to bila greška za oboje. Naši izbori su naš život i naša iskustva, moramo ih proživeti i čekati pravi trenutak. Milano nije naš grad. Ja sam s tobom tamo gde znamo da je naše mesto. Tvoja Đulija.

Salvatore je triput pročitao pismo ne našavši ni olakšanje ni nadu. Sadašnjost je previše nametljiva da bi mu dozvolila da pogleda preko trga, da ugasi alarm na velikom automobilu parkiranom na ulici i pokuša da čuje zvuk zaboravljenog spokoja.

Ustane obamro i drhteći, načini dva koraka, najteža i odsečno stavi ružičastu kovertu, sa uredno savijenim papirom u njoj, na nizak zid koji odvaja drveće od pločnika. Ostali koraci su mu sve laganiji, što se više udaljava od koverte, to su razderotina i svest sve veći.

Kući se vrati peške, otvori vrata i jedva skine jaknu okovanu ledom. Pogleda se u ogledalu u hodniku izbegavajući svoje oči koje se cakle od groznice, usredsredi se na jarko crvenilo obraza, na vlažnu kosu slepljenu na slepoočnicama. Ne pozdravi se sa Alidom, koja sedi na kauču i čita pa se opruži na krevet obučen, istog trena zadremavši.

Sve dok ga neko, on misli da je Đulija, bunovnog ne skine i ne pokrije perinom grleći ga do jutra, pokušavajući da ublaži njegovu drhtavicu i njegov delirijum.

Alida se javila na posao i uzela slobodan dan da bi ostala kod kuće da ga neguje. Donosi mu supu na poslužavniku i gleda ga kako bezvoljno jede, daje mu lekove za spuštanje temperature i meri mu je toplomerom. Jednostavno je pored njega, polazi od te nametljive stvarnosti koja je – učinilo se Salvatoreu između tri drveta i korpe za smeće – zauvek pomračila bilo kakvu budućnost.

Meseci prolaze kao dani, hladnoća kao da ne posustaje, u martu i aprilu pada sneg i Salvatore s nevericom posmatra bele pahulje kako padaju. Otac mu priča preko telefona da se već kupao u moru, da nose laganu odeću, da dolaze vansezonski turisti.

Moleraj postaje usputni posao između produbljivanja biografije jednog italijanskog pisca iz devetnaestog veka i proučavanja strukture svih njegovih romana. Ponavljanje, od zida do zida, pomaže mu da se preslišava za ispite, da se opusti i bude ležeran pred ispitivačima koji ga sa zanimanjem slušaju i hvale ga za odlične rezultate budući da je vanredan student.

Rutina se ogleda u uobičajenom ritmu, preciznim rasporedima, podstičući sporo ponovno zbližavanje sa Alidom. Stidljivo sunce podiže temperature i uliva im volju da izađu iz kuće. U subotu idu u malu botaničku baštu u Breri i šetaju se između aromatičnog i egzotičnog bilja, obilaze obod centra otkrivajući skrivene delove grada i deo njegove istorije.

Đulija postaje neizbrisiva tačka u pozadini, deo stalnih razmišljanja, a ne više samo jedne misli. Salvatore je zamišlja na važnim sastancima, u kancelarijama na četrdeset četvrtom spratu nekog nebodera, okruženu delotvornim ljudima koji obrisima i linijama odlučuju o obliku nekog novog muzeja ili nekog futurističkog mosta. Zamišlja njenog dečka Amerikanca, mišićave nadlaktice i četvrtastu vilicu, vikende u automobilu duž obale i u gradovima. Pronalazi njihovu nepotpunost i upoređuje je sa svojom i Alidinom, dok dele stan i neguju jednu priču bez osnova.

Jedne subote uveče Alidina ruka završi na Salvatoreovom licu i ostane tu, ponovo uspostavivši red među izvrnutim predmetima u sobi a osmeh blista u njenim očima. Voditi ljubav znači naći neizmenjen osvojen prostor, utešnu podršku, blizinu usana i noseva.

Pre nego što je ugasila lampu, Alida ga gleda kako čita, kako okreće stranice knjige koju je njoj poklonio Salvatoreov otac. Korica, naslov, likovi koji žive u Milanu, tako su uverljivi da vređaju sličnostima i oštroumljem. Život je jedak, ali kad je takav postao?, dođe joj da pita Salvatorea koji se okrene ka njoj ispunjen nadom, siguran da ni on ni ona nikad neće postati ektoplazma.

Mateo sluša radio-stanice koje puštaju dens muziku isprekidanu dugim reklamnim porukama i glasovima di-džejeva koji brbljaju i greše u zavisnim rečenicama. Kad najave neku pesmu koja mu se sviđa, pojača ton, a zvučnici u kombiju vibriraju iskrivljujući zvuk.

Leto je, vrelo i sparno, prozori su spušteni, a Salvatorea je sramota što se vozi pokretnom diskotekom.

Miris farbe prožima nepomičan vazduh u stanovima, ne ostavlja ga na miru ni tokom pauze za ručak, u nepodnošljivoj žezi terase jednog fastfuda.

Mateo jede svoj sendvič prelistavajući jedan sportski dnevni list, psuje zbog navodne sudijske krađe na štetu kluba za koji navija. Salvatore je naučio da s njim nema razgovora, da se ni u čemu ne slažu, da se sukob pojačava što je neznanje na određenu temu veće.

Mateo mu duguje dva meseca plate, izvadi tanku kovertu iz torbice koju nosi oko pasa i spusti je na sto. U njoj je polovina jedne plate.

– Mogao bih da ti platim i u sendvičima i vodi. Ionako ti ne ostaje mnogo osim za to. – Smeje se svojoj doskočici i nastavlja da gleda slike u novinama.

– Zašto nismo napravili regularan ugovor? – Salvatore posmatra jednog uličnog prodavca koji se osvežava na uličnoj česmi. Pita se koliko kilometara je daleko njegova porodica, kakvih ga je žrtava koštalo to što se obreo u milanskom predgrađu da prodaje papirne maramice i kineske gluposti.

– Bolje ga skloni. – Mateo mu pokretom glave pokaže na novac, pravi se da nije čuo pitanje.

Salvatore ustane, hoda tamo-amo u hladu jednog radničkog bloka. Osmehne se nekoj simpatičnoj devojci i pomisli kako bi mogla da bude jedna od devojaka koje leti silaze s trajekta i na pristaništu se pozdravljaju s njim i njegovim drugovima. Voleo bi da je stigne i pita je li to stvarno ona.

Mateo uđe u kombi, uhvati usijani volan obavivši ga nekom krpom, upali auto-radio i trubi ne bi li dozvao Salvatorea.

Izađu s parkinga, prolaze bulevarima koji vode ka zapadnom predgrađu, pošli su u stan koji treba ceo da okreče u plavo.

Zaustave se na crvenom. Dva starca s kesama iz kupovine i jedan devojčurak u šortsu i majici, sa slušalicama u ušima, prelaze ulicu. Mateo proviri kroz prozor, na njegov prostački zvižduk divljenja nadovežu se skaredne rečenice.

– Jesi video kako se razgolite kad otopli? Idu naokolo polugole a onda su izbirljive.

Dodaje gas, sagne glavu da vidi semafor sa svoje desne strane.

Jedan autobus se zaustavi na stanici iza njih. Salvatore primeti nekog momka koji trči ka raskrsnici.

Mateo je spreman da krene, prva, druga, treća i ponovo prva pred drugim semaforom.

Za pešake je žuto, momku treba još nekoliko metara, ali svejedno odluči da pretrči ulicu.

Crveno je kad zakorači na zebru, a zeleno za automobile kad Mateo pusti kočnicu i pritisne gas.

Kombi se propne napred, pohabane gume načas zaškripe na asfaltu. Momak se zaustavi, načini korak nazad, ali ne uspe da izbegne retrovizor na suvozačkoj strani.

Mateo stisne kočnicu i zaustavi kombi usred raskrsnice. Limenke farbe udare o naslone sedišta, jedna se izvrne i iz nje se po podu prospe gust sadržaj, umazavši alat i drvene merdevine.

Otvori vrata i izađe, automobili ravnodušno prolaze pored njega. Upre prstom u momka koji se drži za bolno rame i prestravljeno ga gleda.

– Govno rumunsko! Dođi 'vamo!

Momak se povlači, osvrće se iza sebe.

Mateo načini pokret kao da će ga pojuriti: – Ako te stignem, ubiću te.

Momak pobegne, ćopa po pločniku, preskoči bankinu pa nestane u travuljini nekog polja.

Salvatore proverava oštećen retrovizor koji na golim žicama visi naspram karoserije. Posmatra Matea kako namešta pantalone, zadovoljan se vraća u kombi, a onda primeti farbu koja se sliva sa zadnjih vrata.

Provuče prste kroz kosu.

– Trebalo je da ga prostrem po asfaltu.

Jedan vozač trubi, a on psuje s balama na ustima.

Smrad farbe u kombiju je nepodnošljiv.

– Mrdni se, uzmi rolnu papira. Moramo da očistimo. – Zavuče se na vozačko sedište pa potera kombi uz ivičnjak.

Salvatore bi mogao štošta da mu kaže, ali misli kako ne bi vredelo, pa krene ka autobuskom stajalištu na kojem je sišao onaj momak.

Mateo dovikuje nešto nejasno, zalupi vrata i stigne ga.

– Kud si ti koji kurac krenuo? – prepreči mu put, odgurne ga otvorenim dlanovima mu uprevši u ramena.

– Kud mi se hoće. – Salvatore se ukoči, zna da se Mateo ne bi libio da ga udari i razbije mu nos.

– Još jedan korak i otpustiću te.

Salvatore se smeška, odmahuje glavom. – Ne možeš. Nisi me ni zaposlio, sećaš se?

– Da vidiš da mogu. Poslaću te da prosiš, da živiš ispod mosta.

– Možda se precenjuješ.

– Voleo bih da vidim kako ćeš bez novca.

– Misliš bez novca koji mi duguješ?

– Ništa ja tebi ne dugujem – kaže Mateo cerekajući se, podbočen, pokazujući mišiće.

Salvatore poskoči napred spojenih stopala. – Jel' ti ovo dovoljno kao jedan korak? – Potom produži. – Jesu li ovi koraci dovoljni?

– Moramo da završimo posao. Vrati se. – Mateo promeni držanje zadivljen Salvatoreovom neustrašivošću.

Izvadi novčanik, prati ga držeći u ruci novčanicu od sto evra.

– Za popodne ću ti platiti dvaput više i daću ti zakasnele plate.

Salvatore vidi da stiže autobus, ne zna koja je to linija niti kuda ide, ali se približava stajalištu. Skine radni kombinezon umrljan farbom i dobaci ga Mateu.

– Sad je kasno, otpustio si me.

Mateo ne veruje dok ne vidi Salvatorea kako ulazi u autobus i pita vozača za pravac. Zaista je kasno kad počne da ga vređa, obavijen crnim oblakom izduvnih gasova iz autobusa.

Salvatore sedne na sedište od tvrde plastike, razmišlja o tome da je nezaposlen, a da su mu ujedno sve mogućnosti otvorene i da nema razloga da se osvrće iza sebe. U retrovizoru susretne pogled vozača i dođe mu da mu kaže da pojuri, da krene punom brzinom napred.

Potpuna posvećenost studijama omogućava Salvatoreu da drži korak sa ispitnim rokovima. Stan je sa otvorenim prozorima pećnica u kojoj se preznojava i kad se ne pomera, koža mu se lepi za drvene stolice. Noću, u krevetu, Salvatore dahće, ne spava, misli na to kako da dođe do novca.

Jedan profesor, kojeg je zainteresovala neka njegova priča zasnovana na vremenu kad je podučavao italijanski u prihvatnom centru, predlaže mu da daje časove gimnazijalcima kojima predaje njegova žena.

Alidine i Salvatoreove misli, navikle na nestabilnost, nikad ne idu dalje od obaveza iduće nedelje, od stanarine i računa koje treba platiti. Sednu za kuhinjski sto i proveravaju izvode iz banke, određuju koliko im treba da se održe na površini, a kad potonu, gledaju se prestravljeni.

Alidin ugovor je istekao u novembru, i nije obnovljen. Salvatore prihvata sve zahteve za držanje časova, razgovara preko telefona sa zabrinutim majkama i potvrđuje da može da daje časove i u njihovoj kući. Vozi se s kraja na kraj grada, usput uči, izvinjava se zbog kašnjenja i žmuri da se ne bi pitao zašto se toliko satire.

Pomaže Alidi da sastavi biografiju koju imejlom šalju stotinama firmi i radnji. Ide s njom u jednu agenciju za pronalaženje privremenih poslova u kojoj pohranjuju njene podatke i kažu da će joj se javiti.

Nova godina je broj na kalendaru, nedelju dana u Bolonji kod Alidinih roditelja, telefonski poziv iz agencije koja joj je pronašla posao recepcionarke u kozmetičkoj kompaniji, osmica iz filozofije koja Salvatoreu kvari prosek, dva rođendana ista kao prethodni, Alidino kašnjenje menstruacije od deset dana koje ih natera da čekaju ne dišući i dani ispunjeni suncem, maglom, vrelinom i hladnoćom.

Kad se vreme ubrza život se uspori, detalji se gomilaju neraznatljivi, dok veliki planovi, posmatrani iz daljine, izgledaju jasno, nepomično kao planine oštrih vrhova, na koje je nemoguće popeti se. Alida i Salvatore noću sanjaju i žive u drugim mestima, na moru su ili na Mesecu, danju su pak prikovani za stvarnost koja ih usisava i lišava perifernog vida, kreću se montažnom trakom koja će jednog dana, ili za godinu dana ili deceniju, biti preokret, odredište.

Salvatore se kući vraća iz uobičajenog kruga ponavljanja bezvoljnim učenicima koje latinski nimalo ne zanima i zatekne Alidu kako ga čeka na kauču, s rukama u krilu i s licem na kojem je potisnuto osećanje radosti ili tuge.

– Imam jedan predlog. – Pokretom ruke pozove ga da sedne.

Salvatore misli da je isplanirala večeru izvan kuće ili vikend na jezeru.

– Juče mi je istekao ugovor za posao.

– Zar nisi rekla da će ti ga obnoviti?

– Ponudili su mi, ali sam odbila. Smučilo mi se da radim privremeno, tri po tri meseca, da zavisim od tuđih odluka.

– Mogla si da mi kažeš.

– Pokušala sam, ali bio si previše obuzet učenjem i poslom, stalno usredsređen na knjige.

– Znaš da spremam poslednje ispite pre diplomskog. – Salvatore pokrene odbrambeni mehanizam.

– Ne prebacujem ti.

– Tako je izgledalo.

– Neću da se svađam. Želim da razgovaramo o nečem lepom, o nečem što bi nas moglo izvući iz ovog zavaravanja.

– O kakvom zavaravanju govoriš?

– O ovom stanu, ovoj četvrti i o našem životu.

– Mislio sam da ti se sviđa.

– Isprva mi se sviđao, ali više ne. Zamisli biljku kojoj treba vode i svetla. A među nama je uvek bila Đulijina senka.

– Sto godina je nisam ni video ni čuo. Koliko je meni poznato, mogla je i da se uda.

Đulija koja iskače između njih, razbija ukrase na nameštaju, prozorska okna.

– Salvatore, ovo nije ono što si želeo. To je jedino važno. Podigli smo zidove bez vrata, zatvor. I šta bi ja trebalo da radim? Da se zadovoljim tvojom naklonošću? Neću da budem ničija uteha. – Alida se ugrize za usnu, krši prste.

– I nisi. – Salvatore je gleda, pokušava da poveruje.

Alidi se iskrade jedna suza, pokupi je nadlanicom da ne bi pala na kauč.

– Nemoj sve da upropastiš, kao obično. Ovo bi trebalo da bude lep trenutak.

Salvatore duboko udahne, napuni pluća i isprazni ih, odagna strah, suoči se sa stvarnošću uporno zakopavanom.

– Slušam te.

Alida se ozari.

– Potpisala sam ugovor za vođenje jedne radnje zasnovane na pravednim uslovima i održivom razvoju.

– Kad?

– Pre dva sata. Nalazi se u Bulevaru Pazubio, skoro u centru.

– Kako si uspela?

– Imam partnera, advokata koji se postarao za sve detalje.

– A ko je taj?

– Ljubomoran si?

– Malčice.

– Luka. Upoznao si ga na večeri s mojim kolegama.

– Simpatičan je.

– I lepuškast.

– Da ne preteruješ?

– Ti i ja nismo zajedno.

– To sam sad saznao.

– Možemo još noćas da se pretvaramo.

– Možemo da se pretvaramo koliko god nam se sviđa.

– Drag si mi, Salvatore.

– I ti si meni draga.

Alidin džemper je mek, u zagrljaju ima čežnje za onim što jesu i što jednog dana više neće biti.

– Idemo nekud na večeru. – Salvatore ustane, uhvati je za ruku.

– Čekaj. Još ti nisam iznela ponudu.

– Ne znam zašto, ali plašim se.

– Luka učestvuje sa izvesnom svotom, ali on ima svoj posao, a meni si ti i dalje potreban.

– Hoćeš da me zaposliš?

– Volela bih da i dalje budeš uz mene. Možeš da radiš u prodavnici, ili da se uortačiš s nama.

– Imam časove i treba diplomski da pišem.

– Zaradićeš isto, a nećeš morati da jurcaš javnim prevozom po celom Milanu.

– Moram da učim.

– Moći ćeš da učiš u radnji, imaćeš klizno radno vreme. Treba samo da pristaneš.

– Kao kad si odlučila da napustimo ostrvo.

– Zajedno smo odlučili da napustimo ostrvo.

– Ostavila si mi tri sekunde da odlučim.

– Jedan.

– Nemoj misliti da ću odustati od svoje dnevne rutine.

– Dva.

– Alida!

– Tri.

– Dobro, u redu, radiću kod tebe. – Salvatore raširi ruke.

– Ozbiljno? – Alida skoči, smeje se. – Kunem ti se da se ovog puta nisam nadala. Kladila bih se da ćeš me odbiti.

– Mogu li da se predomislim?

– Prestani i dođi ovamo.

Zaboravili su na večeru, gladni nesigurne ravnoteže koja ih tera u neprekidnu potragu za samima sobom na teritoriji čije će granice uskoro preći, privučeni nečim novim, osećajem gubitka koji svaka promena nosi sa sobom. Ovaplotili su svoju bliskost, želju da i dalje jedno drugom budu podrška, napreduju puzeći uza strmi uspon, voleći jedno drugo.

Na otvaranju radnje bilo je stotinak ljudi. Alida je blistala, trčala s jedne na drugu stranu, ponosna na izloge, na police, na hromatski efekat zidova koje je Salvatore okrečio. Nedeljama je naporno radila, od zore do duboko u noć, a sad uživa u osveženju i pohvalama Luke i njegovih prijatelja.

Salvatore izlazi s njom ujutru, provodi dane u radnji i prima kutije koje stižu iz celog sveta. Knjige su mu otvorene iza pulta, sa olovkom između stranica, često zaboravljene do večeri.

Polet koji ga je podsticao na učenje posustaje, cilj se zamagljuje, lakoća se pretvara u napor, u slike budućnosti u školama pored industrijskih zona, bez drveća, neba i mora.

Na poslednji ispit je izašao ne spremivši se, dovija se ne bi li dao smislene odgovore. Ispitivač prelistava njegov indeks i zbunjeno ga posmatra, kaže kako, uprkos odličnom proseku, ne može da mu da više od šestice. Salvatore prihvata ocenu, shvata da ta procena nema nikakvog smisla, oseća kako se nešto u njemu lomi u komadiće previše sitne da bi se pronašli.

Kući se vraća oznojen i umoran, kao da je trčao maraton. Skine se i ode pod tuš pustivši hladnu vodu od koje drhti, skače i viče.

Oseća teret progutanog kamenja, odricanja, gleda prste i više ne nalazi razmotano klupko koje ga je povezivalo sa Đulijom. Kad ga je izgubio?, pita se užasnut, kako je mogao da veruje da će vreme biti beskrajno i da će ih čekati?

Sad shvata, neopozivo, da je prihvatio šesticu i u životu, i da se malo ili nimalo borio da se bolje spremi.

Na brzinu se obuče kako bi otišao do Đulijine kuće sa žalosnim zakašnjenjem, lišen bilo kakve zamisli, sjaja neophodnog da osvetli druge puteve, one neizvesnije.

Uđe zadihan u portirnicu, a jedna krupna gospođa postavi se ispred njega.

– Izvolite?

Salvatore je iznenađeno gleda.

– Nema više gospodina s napolitanskim akcentom? – Priseća se njegovog telefonskog poziva Đuliji kako bi je naveo da siđe.

– Mog muža?

– Portira.

– Vratio se na jug pre četiri meseca.

– Zašto? – nametljivo će Salvatore, kao da će to saznanje pomoći da povrati ono što nije uradio i rekao.

– Ko ste vi?

– Momak sa ostrva. Đulijinog ostrva.

– Gospođica Đulija nije tu – brže-bolje će gospođa, sumnjičavo ga odmeravajući. Niko joj nije ispričao za pisma u ružičastim kovertama, niti o ostrvu o kojem govori Salvatore.

– Znam, u Njujorku je, zar ne?

– Nisam ovlašćena da vas izvestim.

– Ja vama kažem, u Njujorku je. Izgubio sam je.

– Molim vas da odete. – Gospođa mu pokaže na kapiju i izvadi mobilni iz torbe.

– Pozdravite mi svog muža. – Salvatore siđe niza stepenice pa izađe na ulicu.

– Nadam se da neću biti u prilici – odvrati gospođa koja namesti jedan ćošak itisona i postara se da dobro zatvori kapiju.

Salvatore misli na portira, na njegovo najverovatnije bekstvo od ozlojeđene žene, na bezbrojne prilike za nov početak koje život nudi.

Stidljivo prolećno sunce pojavi se između oblaka. Centar Milana ga izaziva s nepromenjenom hladnoćom isklesanog mermera i savijenog čelika. U Salvatoreovom sporom hodu, u načinu govora, plod je rada koji slama otpor i podstiče pobunu.

Jedan momak mu daje letak s krstovima i crnim i zelenim tekstom koji kaže: *Gazde u svojoj kući. Vratimo ih njihovim kućama.*

Salvatore zastane, vrati letak momku koji nema više od dvadeset godina i kaže: – Hvala – pokazujući na trg, zgrade, kocke na pločnicima.

– Na čemu?

Ostali mladi, koji nose prsluke sa istim natpisom, ispisanim velikim slovima, okružuju ih ne bi li čuli šta Salvatore ima da kaže.

– Što si me podsetio šta je ispravno a šta pogrešno.

– Ti si neki provokator? – preteće ga pita jedna devojka s torbom i duksom s velikim reklamnim logom.

– Ne – odgovori Salvatore uz osmeh.

– Jesi li komunista? – pita ga momak koji mu je dao letak.

– Ne – Salvatore se smeje.

– Odakle si?

– S jednog ostrva. Odande gde ne postoje vaše međe, gde su granice mora i obzorje.

– Kakve su plaže? – pita jedan momak niži od ostalih, s naočarima i okruglim licem.

– Prelepe. Trebalo bi da odete, more ima sve nijanse plave.

– Zašto si ovde? – Devojka ga izazivački gleda, ne želi da promeni temu.

– U vašoj kući?

– Da, u našoj kući – jednoglasno odgovara troje-četvoro njih.

– Ni sâm više ne znam.

– Došao si da nam ukradeš posao – nagađa momak koji mu je dao letak kako bi se istakao pred devojkom u firmiranoj odeći, koja ga zaista gleda zadovoljna njegovim oštroumljem.

– Radio sam kao moler, ali sam odustao, posao je vaš ako ga želite. Na crno, bez doprinosa i prava.

– Ja neću da budem moler – kaže jedan od njih.

– Bar nije izbeglica bez papira – kaže drugi.

– Ja bih voleo da odem na letovanje na njegovo ostrvo – kaže momak s naočarima. – Prijalo bi mi zbog astme.

– Onda bi mogao da nam pomogneš – predloži Salvatore.

– U čemu?

– Da dočekamo one koji dolaze.

– Koga?

– Migrante.

Salvatorea zapljusne kakofonično negodovanje uz fraze koje su čuli na televiziji i pročitali ih u stranačkim novinama. – Dobro, predajem se. Idem, vraćam se kući.

Produži i stigne do Alidine radnje u vreme zatvaranja. Ne uđe, ostane napolju, u mlazu senke ispred osvetljenih izloga.

Ona zatvara kasu, Luka je pored nje, u sakou i s kravatom, maše rukama, pomiluje je, smeje se, oboje se smeju. Salvatore prisustvuje njihovoj potrazi za skladom, primanju i tumačenju signala zbližavanja. Hteo bi da ode, ali natera sebe da ostane ne bi li se hranio rađanjem nečeg što je mogao imati i što mu je izmaklo iz ruku. Alidini osmesi ispunili su mu grudi, kao i njena moguća sreća daleko od njega, a potom i strastveni poljubac koji je razmenila s Lukom. Možda prvi, jedan od mnogih, nije važno, Salvatore zna da tako treba, da je puteva mnogo i da svako treba da traži svoj, istrajno, ne prestajući da veruje.

Alida zvižduće neku veselu melodiju iz šezdesetih, ide od police do police s krpom u ruci i lakoćom sličnom lastavičjem letu, klizanju na ledu neke olimpijske šampionke.

Dočeka klijentkinju koja je imala neprijatno buđenje, kosa joj je slepljena na potiljku i ima podočnjake, uspeva joj da je zabavi savetima i komentarima o prikladnom poklonu za venčanje. Salvatore pak nespretno pokazuje keramičke vaze jednoj gospođi koja, zamerajući im previsoke cene, bez pozdrava izađe iz radnje.

– Da od mene zavisi, sutra bi zatvorila – kaže Salvatore Alidi u trenutku zatišja koje je nastupilo pre podneva.

– To je samo stvar stava. Dovoljno je malo prilagoditi ugao posmatranja i sve se menja. – Alida i dalje neumorno briše prašinu.

– A ti si promenila ugao posmatranja? – Salvatore sedne na stolicu za kasom i posmatra je.

Ona se ukoči, svesna da njene oči sve otkrivaju.

– Pomalo.

– Zove se Luka? – Salvatore uživa dovodeći u nelagodu.

Alida pocrveni kao klijentkinja uhvaćena u krađi. Ispadne joj krpa, sagne se da je podigne.

Onda se pribere i otkrije mu tajnu.

– Predložio mi je da živim s njim.

– Opa! – Salvatore pljesne rukama.

– Nisam još pristala. Možda je prerano. – Alida je sve crvenija.

– Lepo izgledate zajedno.

– Otkud ti znaš?

– Prošao sam sinoć ovuda, video sam vas.

– Špijunčino.

– Kad si mislila da mi kažeš?

– Žao mi je. Htela sam malo da razmislim. – Alida nije više bezbrižna kao malo pre toga, više ne zviždući.

Salvatore joj priđe i pomiluje je po obrazu.

– Drago mi je zbog tebe. Ako želiš da pristaneš, uradi to.

– Kako ćeš ti?

– Snaći ću se.

– Ne možeš sâm plaćati najam.

– Izlazak iz onog prokletog stana može samo da mi prija. Večeras ću otići da otkažem gazdi.

– Vrti mi se u glavi. – Alida se nasloni na pult.

– Važno je da ne padneš.
– Plašim se da ću te izgubiti.
– Prestani, nećeš. Sad idi.
– Kuda?
– Da obraduješ Luku.
– On radi.
– Pa šta onda?
– Pa onda možda nije u redu.
– Ako za tri sekunde ne otrčiš kod njega, u tvoje ime ću ponuditi gazdi da otkupimo stan.
– O bože, ne.
– Jedan.
– Čekaj da uzmem tašnu.
– Brže! Dva.
– Čekaj. Kako izgledam?
Alida na sebi ima mini-suknju i svilenu košulju kratkih rukava, oči su joj se zažarile, spremne da gledaju daleko od Salvatorea.
– Divna si.
– Hvala.
Na brzinu ga poljubi i otrči, pre nego što on kaže „tri“ i možda je zaustavi, natera je da se predomisli, podseti je na ljubav koju je morala da sakrije pod tepih.

Diplomski rad o emigraciji u italijanskoj književnosti dvadesetog veka je na stolu. Salvatore ga sumnjičavo posmatra s nekoliko metara razdaljine, čini mu se da je to puka tehnička vežba koja nije uspela da sakupi i dočara bol što one koji umiru od gladi tera da sve napuste.

Pored njega je koverta s novcem za poslednji mesec najma stana, koji treba da se plati za nekoliko dana. Alida će se konačno preseliti kod Luke, a Salvatore pred sobom ima prostranstvo mogućnosti slično velikoj praznini.

Praznini koja se otelovljuje kad uzme daljinski upravljač i upali televizor na kojem se vide tragično poznate slike jednog ostrva s lukom pod opsadom, leševa ubačenih u vatrostalne vreće i preživelih koji plaču.

Tokom noći se jedan ribarski čamac koji je pošao iz Libije zapalio na kilometar od obala ostrva, pukao nadvoje, a putnici su završili u hladnoj, uzburkanoj vodi.

Jedna novinarka se kreće s mikrofonom u ruci, isprekidanim glasom navodi koliko ih je bilo, njene reči su naglašene belim tekstom na crvenoj pozadini. Ime Salvatoreovog ostrva pomenuto je mnogo puta, povezano s tri stotine mrtvih i brojnim nestalim. Priča se o ljudima koji nisu znali da plivaju, o ženama koje su potonule kao kamenje, o deci potopljenoj talasima.

Kamera snima jednu volonterku, kamerman približava objektiv njenom licu, iskrivljenom od očajanja i prenosi ga u kuće širom sveta.

Jednog čoveka koji se iskrcao s patrolnog čamca pridržava bolničar, a on urla u mikrofon, na savršenom engleskom, da ribarski čamci u oblasti brodoloma nisu pomogli brodolomnicima, da nisu skrenuli s kursa.

Salvatore oseća kako mu srce usporava, umrtvljeno daljinom, uglom posmatranja koji ne može biti isti.

Optužba tog čoveka pogađa ga u lice i ošamućuje. Upućena je i njemu, koji je otišao i nije učinio ništa da to spreči. Zgražavati se ne služi ničemu, kad se gleda televizija jedina mogućnost je promeniti kanal.

Hoda po sobi, stiska pesnice, gleda kroz prozor u svetla, zgrade, prometne bulevare, u dalekovode visokog napona i ne nalazi nijedan razlog da bude tu.

Priča se ponavlja, svet je raspolućen kao onaj čamac, a prihvatiti da si deo one srećnije polovine ne može da ublaži odgovornost.

Gleda u diplomski rad i baca se na papire, cepajući ih, pretvarajući zahvalnosti u pogrešne savete.

Ode u sobu, popne se uz merdevine i dohvati sa ormara kofere koji su ostali da ga čekaju otkako je stigao u Milano. Preko interneta je rezervisao mesto na prvom slobodnom letu, odštampao kartu i zaneo se čitajući ime svog ostrva.

Odlazak kući je tvoja odluka.

Alida se vratila iz radnje, zatekla spakovane kofere na ulazu i shvatila da Salvatore odlazi da se više ne vrati.

– Strašno – kaže, sklupčavši se na kauču pored njega, dok na televiziji i dalje direktno prenose događanja. – Kad imaš let?

– Ujutru. U sedam.

– Kako ćeš za diplomski?

– Tamo je. – Salvatore pokaže na korpu punu igužvanog papira. – Danas je bio rok za predaju, sad je već kasno. Ali nije važno, niko mi ne može oduzeti ono što sam naučio.

Alida bi da mu ukloni poraz s lica.

– Pokušao si.

– Pokušali smo – ispravi je Salvatore.

– I je li vredelo?

– U svakom trenutku.

– Nedostajaćeš mi.

Kad je pala noć, zavukli su se pod čaršave i ostali da se gledaju u mraku, sve dok ih san nije savladao i vezao za snove zbrkane koliko i veze.

Ujutru osećaju dah rastanka, oprezno se kreću, pazeći na svaki gest ne bi li sačuvali sećanja koja će, kako god bilo, godine rasparati.

Milano ga pozdravlja suncem koje se ogleda u prozorskim oknima i na sve strane baca odsjaj. Alida je s njim, ispred ulaza u metro. Silina rastanka pogodi ih kao šamar. Okrenu se i izgube, korak po korak, prave linije s različitim odredištima, koje su se na jedan trenutak dodirnule.

Reči su stigle, stižu i svakako će stizati

Salvatore posmatra iz aviona beli cvat niksica i seća se da ih je majka opisivala kao dragulje kojima su obrasle stene. Ostrvo je nakrivljeni kockarski sto sa Zapadnim rtom i Albero Solem poviše njega, s mestom i aerodromom malo niže, zapljusnutim vodom, kao da ih teret tragedija pritiska i malo-pomalo potapa.

Ružni vojni brodovi patroliraju obalama, prljajući sivilom plavo obzorje. Signal za vezivanje pojaseva upaljen je dok se avion sprema za sletanje, za grub dodir s tlom, za povratak koji želi da bude konačan.

Kod kuće ga dočekuje miris aromatičnog bilja i povrća iz bašte, nabranog i poslaganog u drvene gajbice. Kapci okrenuti ka jugu, pritvoreni da bi zaštitili unutrašnjost od vreline, ostavljaju sobe u polumraku na koji se oči moraju naviknuti ne bi li pronašle detalje, poznate predmete i njihov raspored na nameštaju i policama.

Čini mu se da nije ni odlazio, da nikad nije otputovao, da je samo skrenuo pogled na neko vreme, ostavši tu, u sobama što gledaju na mesto, s jekom talasa u ušima i ogromnim prostranstvima u kojima se čovek gubi.

Njegovog oca nema, te Salvatore ostavi kofere i izađe da ga potraži. Pređe preko trga gde se rukuju s njim želeći mu dobrodošlicu i tapšući ga po ramenima. Na jednog mladog koji se vrati, kažu, desetoro ih ode. U glasovima pomirenost s tugom, muka jedne mirnodopske ali pogubne opsade. Neko je izložio tablu ispred vrata, mnogim malim crvenim krstovima podseća na žrtve koje su se od početka godine utopile u Sredozemnom moru.

U luci, žitelji svojim prisustvom izražavaju saučešće koje se čini beskrajnim. Kovčezi od svetlog drveta naslagani su u redove po pet, u skladištu ih nema dovoljno te su naručeni novi s kopna. Niz šatora zaklanja od pogleda prepoznavanja, jedan kovčeg unose prazan a iznose ga s telom, natovare ga u kombi pogrebnog preduzeća. Vozila neprekidno dolaze i odlaze, pogledi prate kombije na trajekt, na poslednje putovanje ka nepoznatom odredištu.

Muk obavija ostrvo, galebovi ostaju na molovima i školju, svi saučestvuju u bolu.

Salvatore je našao oca u gužvi. Stajao je iza njega nekoliko sekundi, gledajući ramena i leđa povijene od starosti. Oseća čežnju za lakoćom s kojom ga je podizao kad je bio dete i držao ga u naručju. A u već sedoj kosi otkriva brzinu uspomena.

Nežno ga stegne za nadlakticu, klima glavom kad ga otac prepozna i učini se da ne veruje da je on tu.

Nespretno se grle među ljudima koji ih posmatraju, tiho kažu nešto jedan drugom.

Bez reči stignu do depoa s „morskim kolicima“,[3] zaplenjenim i zbijenim jedna uz drugu da trunu u svojevrsnom muzeju pod vedrim nebom. Komadi drveta i lima koji su, s beskrajnom nadom, preplovili kilometre mora ne bi li se dokopali njihovog ostrva. Čitaju nerazumljive natpise na stranicama sa oguljenom farbom i misle na putnike, na njihovu sudbinu, pitaju se gde su oni sada.

Produže stazom koja se pruža uz luku i nastavlja se ka plaži, pod suncem koje im greje leđa i sjedinjuje ih s kamenjem i iglicama indijske smokve, s panoramom koja oduzima i vraća dah i pomaže im da razgovaraju o posledicama odluka, da pričaju o odlascima i povracima.

– Lepo je što si ponovo kod kuće.

– Hvala. Trebalo mi je to da čujem.

– Jesi li gladan?

– Prilično.

– Onda idemo da spremimo jednu finu pastašutu sa svežim paradajzom.

---

[3] U novinarskom žargonu, *carrette del mare* su plovila kojima migranti stižu na italijanske obale. (Prim. prev.)

Posle ručka su odneli kofere u Salvatoreovu sobu. Na stolu su tri pisma u ružičastoj koverti s markicama i pečatima američkih pošta.

– Poslednje je stiglo pre skoro godinu dana – kaže njegov otac stidljivo, kao da je on kriv za prekid dopisivanja.

– Otkako je mama umrla, nisam joj napisao nijedan redak. – Salvatore uzme koverte, pročita datume, poveže ih s Milanom, s danima koji su svi ličili jedan na drugi.

– Više je nisi video? – pita njegov otac, koji se nasloni na dovratak i prekrsti ruke.

– Trebalo je da se vidimo, ali ona nije došla.

Salvatore otvori fioku radnog stola pa spusti pisma unutra, sa ostalima uredno poređanim.

Jedna priča zatvorena u mali prostor, proživljena na ostrvu s beskrajnim obzorjima.

Čamac je privezan na istom mestu. Salvatore jedva čeka da isplovi na pučinu, skida ceradu s trupa, razvezuje užad, ali kad krene da upali motor, neki čovek koji trči molom pozove ga po imenu.

Ima dugu plavu kosu, bradu, poderane farmerke, belu majicu i korak prijatelja kojeg godinama nije video.

Salvatore ga posmatra, sabira uspomene.

– Uskači, strančе – kaže mu.

Fedele uđe u čamac, veže kosu gumicom, klimne glavom i zagrli ga, još u neverici pred Salvatoreom.

– Ti si taj koji je bled kao neki stranac. Kao da su te stavili u veš-mašinu na devedeset stepeni.

– Ja sam veteran milanskih zima.

– Čuo sam ponešto.

– A ja o tebi ništa ne znam.

– Kreni, imamo mnogo toga da ispričamo jedan drugom.

Salvatore i Fedele izađu iz luke, zapute se daleko od patrolnih i nekada ribarskih čamaca koje sad unajmljuju foto-reporteri iz celog sveta. More, mirno kao ulje, ne izgleda kao ono isto koje s gluvom upornošću guta muškarce i žene.

Dva prijatelja ćute, ne žure, poznaju vrednost vremena i uzimaju mu meru.

Potom Fedele duboko udahne i ispriča kako je godinu dana tražio Džamilu, da je bio u Nemačkoj, u Francuskoj, Belgiji i na kraju u Engleskoj, da je razgovarao s njenim rođacima, da je saznao nešto malo i da bi voleo da nije ni to saznao. Ljudi mogu da nestanu, zavarani lažnim obećanjima, da ostanu bez prava i postanu robovi na poljima na kojima beru voće i povrće za bedan novac, ili na ulicama gde prodaju svoje telo.

– Ko zna gde je, na nekoj ulici na Siciliji ili u predgrađu Hanovera. Pokušao sam, Salvatore, ali na kraju sam odustao. Godinu dana sam proveo kod majke u Norveškoj, zurio kroz prozor u borove šume. Onda sam pomislio da je jedini način da popravim to što sam je izgubio da se vratim na ostrvo i pokušam da pomognem drugima kao što je ona. – Fedele gurne ruku u vodu pa provuče prste kroz kosu.

– Otkad si ovde?

– Od početka leta. Sredio sam zimovnik za čamce, napravio sam veb-sajt da bih širio informacije o stanju na ostrvu. Sad kad si ti ovde, lepo bi bilo da ponovo držimo časove italijanskog u prihvatnom centru.

– Zato sam i došao. I ja sam predugo zurio kroz prozor.

– Alida se vratila s tobom?

– Ne, ostala je u Milanu. Sad ima prodavnicu i dečka.

– Dobra je Alida.

– Zaslužuje da bude srećna.

– To sigurno. Da se bućnemo? – Fedele skine majicu i farmerke.

– I to je razlog što sam se vratio. – Salvatore se unapred raduje dodiru vode, zagrljaju koji samo more na ostrvu može da mu pruži. Skoči na glavu, spusti se nekoliko metara ispod površine, otvori oči i u odblescima svetla, u neprekidnom kretanju, pronađe svoju ravnotežu. Odgurne se rukama i nogama, pliva i ponovo diše.

– Imam jednu ideju za tvoj sajt – dovikuje Fedeleu. – Da pričamo priče migranata onima koji ne veruju. Svaki da ima ime i zemlju iz koje je došao, ostavljenu ili izgubljenu porodicu. Pružimo onima koji stižu na naše ostrvo mogućnost da se oglase.

Fedele ga stigne, u Salvatoreovoj odlučnosti nazire osećaj prisutnosti.

– Možemo da ih prevedemo na različite jezike, da ih učinimo dostupnim što većem broju ljudi. Da organizujemo susrete, privlačimo pažnju.

– Moramo početi odmah.

Doplivaju do čamca, popnu se, misleći kako da ostvare zajednički projekat.

Inertnost se pobeđuje željom za promenom sveta, a želja za promenom sveta tajna je za raskrinkavanje plastičnih scenografija i uklanjanje betonskih osmeha.

Salvatore i Fedele se kreću ostrvom s poletom dečaka koji su otkrili zlo i žele da se bore protiv njega. Dobili su odobrenje da drže časove italijanskog, prva popodneva provode u uspostavljanju veza s migrantima, pomoću reči i njihovog značenja.

Uveče večeraju u zimovniku za čamce, koji je Fedele renovirao, u velikoj odaji s drvenim podom i zidovima pokrivenim slikama kupljenim na buvljim pijacama širom Evrope.

Fedele po celu noć ne spava. Planira sajt, delove sa člancima i pričama, pravi forum za razgovor sa čitaocima. Grozničavo kuca po tastaturi.

Salvatore piše svugde, napuni bateriju laptopa i traži nadahnuće u šuštanju lišća, u oseci i plimi. Vidi stomak neke trudnice, priseća se lica s crnim pletenicama, sina koji je drži za ruku. Vidi čoveka s desetinama ožiljaka na koži i spremnošću da se i dalje smeje. Brzinu misli jednog povučenog dečaka koji je naučio italijanski i želi da postane lekar. Obične priče, obezvređene brojevima i bedom, koje postaju posebne ako se slušaju jedna po jedna.

Salvatore ispunjava prazne uglove rečima, ide u Afriku i oseća njene mirise, čuje glasove ljudi, zamišlja prostor i jarke boje, prašinu i krv.

Na kraju časova u prihvatnom centru oko njega se okupljaju oni koji žele da ispričaju svoje priče, ponekad je to svega nekoliko rečenica jedva izgovorenih, ponekad pak postaju bujice i dûge, bogate detaljima.

Zima brzo prolazi, ispunjena obavezama koje nisu teret, raznovrsnim ritmovima koji odagnavaju dosadu i daju sjaj pogledu. Osama postoji bez razmišljanja, a Fedeleovi članci i Salvatoreove priče preobražavaju se u opipljive veze. Sve je više kontakata i zajedničkih detalja, reči su stigle, stižu i svakako će stizati.

Salvatore je rođen u vreme kad je malo njih znalo ime njegovog ostrva. Mesto na granici na kraju sveta, s plavim morem i zemljom koja peče. Odrastao na čamcima, pored gajbica punih inćuna, s pogledom ka plavetnilu, iznad i oko njega. Možda je tu sve počelo, između grgoljenja vode i naleta vetra.

Salvatore uzme ranac s laptopom i kesom u kojoj je salata od krompira i paradajza. Izađe iz kuće, koraci su mu ujednačeni. Na kratkoj kosini pre luke sunce ga natera da zaškilji, da pronađe nedirnut protok dana.

Ukrca se na svoj čamac, skine užad sa privezišta, drži motor u sporom hodu. Mirna voda u luci grgolji, stotine ribica promene smer sve zajedno, povlače zamišljene prave uglove.

Pozdravlja se s ribarima koji su noć proveli na moru, prođe pored kamenog svetionika i pušta da Afrika, pred njim, postane jedina zemlja koja može da presretne njegov pogled.

Proleće zagreva dane, skida džempere, otkriva kožu, željno je novih priča. Na otvorenom moru Salvatore pronalazi svoju misao i svoj ritam disanja. Pramac se koleba, uroni nekoliko centimetara, energično izroni, dok on piše, udarajući jednu po jednu tipku, sastavljajući reči.

Očaran je prolaskom jednog zbijenog jata ptica selica, savršenim geometrijskim oblikom, nagonom za slobodnim putovanjem. Prati ga sve dok ne nestane na obzorju, pokušavajući da zamisli kako je to leteti, s lakoćom posmatrati stvari odozgo, s privilegovane tačke.

Ali na zemlji je, sila teže ga prikiva za tlo, ne dozvoljava mu da pobegne, može samo da krstari morem koje liči na najveći i najopasniji okean na svetu. Na moru je na granici, gde se kroz dvogled traži obećana zemlja, svaki dan je isti i na prste jedne ruke mogu se nabrojati retke prilike za uspeh.

Kad ugleda stub dima, Salvatore zna da je to signal za njega, molba za pomoć, jasna poruka. Ponovo upali motor, pošalje SOS lučkoj kapetaniji i okrene kormilo još dalje ka pučini.

Veliki čamac gori, muškarci i žene skaču u more i nestaju u vodi, ostali se hvataju za drvo od kojeg gore ruke.

Salvatore dobija uputstva koja je naučio da tumači, sluša isprekidano zavijanje talasa, ukrcava na čamac one koji još imaju snage u rukama, grabi klizave nadlaktice i u tom naporu primećuje lice nekog ko ne uspeva plivajući do njega te jednostavno nestane.

Drži svoj čamac na bezbednom rastojanju od plamena, nekoliko minuta kasnije nema više mesta ni za koga, a voda zapljuskuje ivice bokova.

Veliki čamac kojim su migranti doplovili izvrne se i potone. Salvatore se zabroji, gde god spusti pogled, ima ljudi u vodi.

Stiže i patrolni čamac, jedan komandant koordinira operacijom, bacaju se pojasevi za spasavanje, spuštaju se gumeni čamci, spremaju se termički pokrivači. Spasavaju sve koji se mogu spasti. Jedan čamac za spasavanje pristaje uz bok Salvatoreovog i rasterećuje ga.

Kad uplove u luku, mehanizam pružanja pomoći je brz i delotvoran. Žitelji se okupljaju na molovima, neki su doneli pokrivače iako znaju da ih ima dovoljno, drugi su spremili supe i tople napitke, vođeni istim nagonom ptica selica koje znaju kuda treba da lete.

Salvatore pridržava iznurenog čoveka koji ne može da stoji na nogama i pomaže mu da se iskrca iz čamca.

Jedan dečak ga izgubljeno gleda, šćućuren u uglu, stidljivo pruža ruke kako bi ga podigli, a u njegovim očima Salvatore vidi strah, ali i poverenje.

Osmehuje mu se, uzme ga u naručje i okrene se da ga preda jednom od volontera koji čekaju na molu, znajući da se život u trenutku može promeniti, ali ne znajući da je to taj trenutak.

Đulija na sebi ima lekarski mantil, rukavice od lateksa, pokupljenu kosu, umoran pogled. Njene ruke se ukrštaju sa Salvatoreovim, s dečakom između njih koji ih ujedinjuje kao što ih je pre mnogo godina ujedinio dečkić na žalu Rta Tonara.

Neverica se meša s dva jedva primetna osmeha i dva pogleda u kojima je sadržano sve. Sekunde se zgušnjavaju, usporavaju, postaju večnost. Đulija i Salvatore ne primećuju da se odvajaju, da hodaju i dišu, da više nisu tamo gde su ostali, gde su se okrznuli i pronašli.

Đulija prati dečaka do medicinskog šatora na prve kontrole, dok Salvatore prati jednog mornara u kancelariju gde će dati izjavu o brodolomu. Između uvreda i zvižduka ljudi dvojica s lisicama, optuženi da su vozili plovilo s migrantima, ukrcani su na patrolni čamac i odvedeni na kopno.

Kad je Salvatore izašao iz kancelarije, bilo je kasno popodne. Neki ostrvljani mu prilaze i rukuju se s njim. Procenjeno je da je bilo dvadesetak žrtava, ali naglašavaju da bi ih bez njega bilo dvaput toliko, ako ne i više.

Jedan vitak, spretan čovek s brkovima i beležnicom u ruci privuče mu pažnju klimnuvši glavom.

– Vi ste Salvatore? – pita ga na italijanskom s primetnim američkim naglaskom.

– Da – brzo odgovori, tražeći Đuliju u grupici lekarskih mantila i uniformi.

– Veoma mi je drago, ja sam Džef Koneli iz *Njujork tajmsa* i hteo sam da vas zamolim za intervju.

Salvatore ga gleda, trepće, čini mu se da nije razumeo.

– Šta ste rekli?

– Hteo bih da pišem o vama, o onome što ste danas uradili, o vašim pričama. – Čovek se smeška, ima četrdesetak godina i simpatično lice.

– *Njujork tajms* čita moje priče? – kroz šalu će Salvatore.

– Pročitao sam ih, i svidele su mi se. Imamo zajedničku prijateljicu koja vas veoma ceni, s njom sam došao na ostrvo.

– Đuliju – prošapuće Salvatore, prepoznavši ukus njenog imena na usnama.

– Tačno.

– Gde je ona sad?

Salvatore primećuje odgovor u trenutku kad je postavio pitanje. Trči ulicom koja vodi ka visoravni, s neispričanom pričom, svojom, koju steže u pesnicama.

* * *

Na Rtu Kaladrita pogled luta trista šezdeset stepeni unaokolo, bez prepreka, obzorje je svuda oko njih. Salvatore stiže zadihan, dok sumrak boji prizor prigušenim svetlom.

Đulija sedi nedaleko od školja.

Salvatore sedne pored nje, netremice je gleda, traži i pronalazi razlike na njenom licu, tanku boru od izraza lica i boju očiju s kojom se ne može nadmetati nijedna njena slika izbledela u sećanju.

Ruke se traže, pronalaze se i stežu do bola, sažimajući udaljenost u kratkom probadanju. Misle na leta, na lakoću tih dana, na obećanja.

– Kad si poslednji put bila ovde?

Đulija gleda u more, broji na prste.

– Pre osam godina.

– To je mnogo.

– Previše.

Pogledi se susreću, ali ne izdržavaju te se okreću ka moru, ogromnom i umirujućem. Drhte, dok se vetar pojačava i povija stabljike žuke na visoravni.

– Kako je dečak?

– Malo je dehidrirao, ali u dobrom je stanju.

– Ima li vesti o roditeljima?

– Nema ih. Jedan od preživelih kaže da je video kako se utapaju.

Salvatore odmahuje glavom.

– Ovome nema kraja.

– Danas si spasao desetine ljudi.

– Stradalo ih je dvadeset. Gledao sam ih kako tonu.

Ruke se još jače drže, potom Đulija popusti stisak i zagrli Salvatorea u dodiru koji umiruje i štiti.

Suton gori na liniji obzorja, a nijedno od njih dvoje ništa ne radi, ostaju da gledaju.

– Čitala sam tvoje priče, bilo je kao da sam dobijala tvoja pisma i nastavila prekinute razgovore. Potresne su, dirnu i onog ko ne zna za ovo ostrvo i tu tragediju.

– Upoznao sam tvog prijatelja novinara – kaže Salvatore.

– Džefu su se odmah svidele. Rekla sam mu da će moći da te intervjuiše, da upali svetionik ne bi li pokušao nešto da promeni.

– Imam sastanak s njim sutra ujutro.

– Otići daleko ima i poneki povoljan ishod. – Đulija promeni izraz lica, noktima grebucka uglačan kamen.

– Kad ste stigli?

– Juče, došli smo avionom iz Milana. On prekosutra ide u Rim. – Đulija zastane, proguta, tišinom naglasi ono što će reći: – Ali ja ostajem mesec dana.

– Mesec dana? – Salvatore podigne glas. Pitanje se sunovrati među školje, završi u moru i više nije siguran da ga je postavio.

– Da.

– Kao kad smo bili deca.

– I dalje smo pomalo deca.

– U pravu si.

– Mogu li da te poljubim?

Salvatore se osmehuje, nije spreman kad se ona primakne i s nepromenjenom jednostavnošću ga okrzne i poljubi.

Sumrak je pomračio detalje, izdužio senke, ali nije izmestio upravo pronađene tačke oslonca.

– Gde ćeš biti tih mesec dana?

– U svojoj kući.

– Svi pričaju da ju je tvoj otac prodao.

– Istina je. Ponude su bile previše niske, te sam mu na kraju rekla da ću je ja kupiti. Još je otplaćujem.

– To je bila odlična zamisao.

– Jesi li raspoložen da odemo tamo?

– Nadao sam se da ćeš me to pitati.

Salvatore joj pomogne da ustane i ponovo je uhvati za ruku.

– Čekaj. – Đulija pokaže na neku tačku na nebu. – Sećaš li se svetiljke?

– Naravno.

– Ja sam znala.

– Šta to?

– Da će uspeti.

Salvatore se smeška, uvek je verovao da Đulija zna nešto što njemu izmiče.

* * *

Mrak ne skriva stazu kojom su mnogo puta prošli. Prate svetla mesta i presecaju put koji se pruža uz rt do Đulijine kuće. Drvenu ogradu treba prefarbati, korov je progutao prilaz i verandu.

Đulija upali svetlo u dnevnoj sobi, a uspomene ispune prostor, između prašine i vonja ustajalosti.

Odu u njenu nekadašnju sobu, gde su ostala, kao fosili iz prošlosti, zrnca peska od poslednjeg zajedničkog leta. Na noćnom ormariću ram sa slikom njih dvoje kad su bili deca.

Uđu u bezvremenu polaroid fotografiju, njihova pažnja je zaslepljena željom da budu kakvi su nekad bili. Salvatore je okrzne rukom a soba postane pozadina i prigušena slika. Reč preuzmu njihovi pogledi i zaklinju se da im nikad nije bilo tako ni zbog koga drugog.

Opruže se na krevet, sporo ispunjavajući razdaljinu, otkrivajući jedno rame i liniju vrata, pegice na nadlakticama, prve znake preplanulosti. Potom noge s kojih klize gaćice i bokserice i istaknute obline kojima se želja vraća i ubrzava nekontrolisanom brzinom.

To su Đulija i Salvatore sišli s polaroid fotografije, materijalizuju misli i reči, obnavljaju obećanje.

Zaspu i probude se ujutru, celo telo ih boli od isprepletenosti, veruju da to što su proživeli nije bio san, već osvajanje. Doručkuju keks i mleko, s morem u publici, gledaocem poljubaca i ruku kojima je teško da se razdvoje.

– Zašto nisi došla na sastanak? – Tu, na verandi, Salvatore rekonstruiše Milano zimi, njegove zgrade i traži od Đulije da ih poruši.

– Plašila sam se. Da sam te videla, ne bih otputovala. – Đulija spusti šolju na sto, prekrsti noge na stolici. Drugačija je, nezavisna, slobodna.

– Pošto sam diplomirala na arhitekturi bila sam u iskušenju da prihvatim predlog svog oca, to bi bila najlogičnija odluka, ali setila sam se šta si mi rekao onda na planini, u kadi. Nisam sledila svoje želje, nisam birala.

– Ne radiš s njim?

– Ukazala mi se prilika, i zgrabila sam je u letu. Jedna međunarodna organizacija koja se bavi humanitarnim projektima u Africi tražila je predstavnika u Americi. Prošlog leta sam bila u Senegalu zbog razvoja mreže mikrokredita, i sve sam učinila ne bih li pokrenula projekat saradnje na ostrvu, tako da sam sad ovde.

– Kažeš da sam te godinama čekao i da to nije bilo uzalud?

Salvatore je uhvati za ruku, golica je, a ona se rita i otima. Moraju se navići na trodimenzionalnost osmeha, na zvuk glasova, na probuđena čula koja pružaju odgovor.

– Ponosan sam na tebe.

– Zašto to kažeš kroz smeh?

– Kunem ti se da sam ozbiljan, ali imaš brkove od bele kafe.

Đulija pokrije usta rukom pa otrči u kupatilo da se vidi u ogledalu. Ostavi otvorena vrata, skine se i uđe pod tuš.

Salvatore spremi sto, sluša šum vode, uzme sa stola propusnicu s Đulijinim imenom i njenom slikom. Ne zna kad je snimljena, da li je neko bio s njom, kome se osmehnula pre i posle toga, kome je rekla hvala, kome je rekla laku noć, kome je rekla „volim te" i ko je to rekao njoj. Načas se oseća kao tuđin, uljez koji živi u senci i hrani se mrvicama.

Pogleda u sunce koje je već visoko i u sebi računa koliko ima minuta u mesec dana. Četrdeset tri hiljade dvesta mrvica koje, ako se spoje, mogu da budu najlepša torta na svetu. A Salvatore je gladan, uđe u kupatilo i pod tuš sa Đulijom, da bi vodili ljubav i prestali, jednom zauvek, da gube dragoceno vreme.

Salvatore svrati kući da spakuje torbu s majicama i pantalonama kako bi se preselio kod Đulije. Njegov otac je u fotelji, čita knjigu, posmatra ga kako se penje uza stepenice i silazi. Potapše ga po ramenu, ne trebaju mu objašnjenja da bi dokučio kako se oseća njegov sin.

Salvatore odvede Džefa na Rt Tonara, izvan prihvatnog centra, na groblje morskih kolica. Prepričava mu dan kad su on i Đulija našli tela na žalu, objašnjava kako je na njihove odluke uticala stalna misao da se to nije smelo dogoditi.

Sastanu se s Fedeleom u zimovniku za čamce, i nastavljaju intervju i za ručkom, dok Džef beleži, snima odgovore i u njihovoj dubini pronalazi razloge i nade.

Nekoliko dana kasnije intervju je objavljen i prenet u domaćim novinama. Pristupi sajtu se umnožavaju, jedna televizijska mreža se priključuje, širi informacije, održava pažnju.

Sajt je oglasna tabla za one koji traže vesti o nestalom rođaku ili prijatelju i postaje mesto sastajanja i tačka oslonca. Jedan čovek je, zahvaljujući informacijama koje je dobio od nepoznatog službenika, našao svoju ženu. Jedna devojka koja traži svoju sestru otkriva da ona živi u Parizu. A Fedele je našao Džamilu, koja mu je poslala adresu i pozvala ga da joj se pridruži.

Salvatore je dobio pismo od jednog izdavača koji mu predlaže sastanak kako bi razgovarali o njegovim pričama. Pokaže ga ocu, koji se okrene ka zidnoj biblioteci i kaže kako je tu uvek čuvao mesto za njega. Salvatore se pita da li je to ono što želi, da li mu te priče zaista pripadaju, da li činjenica da ih je ispričao nužno zahteva čitaoce. Odgovor pronalazi u liniji koju je toliko puta povukao u vazduhu, koja ga je dovela kući, da piše i oseća se slobodno.

Njegovo ostrvo pripada onom ko na njega dođe i tu ostane, a ne onom ko odlazi, ko ga zaboravlja.

– Uzmi bicikl. Moramo da požurimo – Salvatore je doziva sa ulice.

– Šta se dogodilo? – pita ga Đulija, izašavši na vrata u dvodelnom kostimu još vlažnom od poslednjeg popodnevnog plivanja.

– Moramo nešto zajedno da obavimo.

– Nešto lepo ili ružno?

– Ako ne požuriš, nijedno od ta dva.

– Grozan si.

– A ti si spora.

– Stižem. – Đulija frkće, spusti na sto dve smokve koje je htela da pojede, navuče majicu i šorts i pridruži se Salvatoreu.

Okretati pedale jedno pored drugog deo je običaja sličnog večernjoj šetnji korzoom s rukom u ruci. Nema tajnih staza, iznenađenja koja se mogu dugo skrivati.

Ostave bicikle tamo gde se put prekida i produže peške stazom, susrećući turiste koji se vraćaju u hotel ili iznajmljene kuće. Oko Ostrva zečeva nema čamaca, a na plaži su mladi u belim majicama i s glavom pande nacrtanom na leđima.

– Nemoj mi reći... – Đulija ubrzava korak, smeši se.

– Sad će ih osloboditi. – Salvatore klima glavom, prati je, dodiruje joj ruku.

Stopala im uranjaju u topao pesak, stižu na žalo kad prva kornjača dodirne vodu jednog talasa previše kratkog da bi je odneo. Čeka sledeći koji je preplavi i povuče je dovoljno da zapliva i nestane iz vidokruga.

Treba osloboditi još jednu kornjaču koju su odnegovali u centru za oporavak na ostrvu. Salvatore razgovara s jednim momkom kojeg poznaje, pokaže na Đuliju, kao da se dogovaraju oko nečeg što ona ne može ni da zamisli. Jedna devojka iz udruženja je pozove, pokaže joj gajbicu s kornjačom koja čeka. Đulija je ozarena, pažljivo sluša uputstva, svesna važnosti tog zadatka.

– Upetljala se u mrežu, bila je na samrti kad ju je jedan ribar doneo. Imala je najlon kesu u stomaku, često ih pomešaju s meduzama i progutaju.

Đulija se nagne i pomazi oklop čvornovat kao drvo. Misli na vreme, na milione godina koji su gledali kornjače kako tumaraju okeanima i misli na njihovu krhkost, na ogroman pad njihovog broja, toliki da im preti izumiranje.

– Je li ovde rođena? – pita.

– Verujemo da jeste. Kad se jaja otvore, mladi krenu ka vodi vođeni odblescima mesečine i zvezda, danima neumorno plivaju, odlaze hiljade kilometara dalje, nestanu na više od dvadeset godina, ali nikad ne zaborave odakle su došli.

Đulija gleda budne oči životinje koja je prepoznala more i spremna je da mu se baci u zagrljaj.

– Dobro došla kući – tiho joj prošapuće dok je oslobađa, jedva je uhvativši, pronalazeći sličnost u tom odlasku i povratku.

Kornjača snažno osvaja svoj prostor, zastane tik uz vodu, pa brzo zapliva ka pučini i tačno zna zašto će se jednog dana vratiti da izlegne svoje mlade upravo tu.

– Znao si, a ništa mi nisi rekao. – Đulija ne prestaje da se smeška.

Salvatore je gleda srećan, sedne na pesak pa joj pokaže da sedne pored njega.

– Nisam bio siguran da će ti dati da je pustiš. To je ishod dugog rada i veoma željen dar. Ali rekao sam im nešto što su shvatili.

– Šta si im rekao?

– Da ti ličiš na kornjaču sa ostrva. Odlaziš, ali se uvek vratiš.

Postoje mehanizmi koji se međusobno uklapaju i jednostavno rade. Salvatore i Đulija, koje je daljina dovela u iskušenja, mogli su da zažmure i jasno vide obzorje bez njih, da produže svako svojim putem i puste da se osećanje rođeno kad su bili deca raziđe u ne mnogo silovite, mirnije tokove. Znaju da bi tako bilo lakše, da zaboraviti ima manje posledica nego pamtiti, pa ipak, znaju i da je bilo prirodno, da nisu birali, da su samo osećali.

Dani i noći u tih mesec dana novi su i blistavi, Đulijina kuća je utočište, more je okvir.

– Znaš šta je najlepše? – pita ga Đulija u mraku, pre nego što ih svitanje ponovo razdvoji, u krevetu koji je pripadao njenim roditeljima.

– Šta? – Salvatore osluškuje šuštanje čaršava, oseća njen dah na licu.

– Što sam te tražila u tuđim pogledima, ali nikad te nisam našla.

Đulija lagano prelazi prstima po njegovim obrazima, nosu, čelu. Poljubi ga u usne pocrvenele od mnogih poljubaca.

– Ovo si ti.

Svetlo prodire kroz kapke, koferi su spremni, budilnik zvoni.

Na aerodromu se ježe od klima-uređaja. Đulija drži kartu u ruci, ode u Rim, a odatle u Njujork. Pokušaju da se dodirnu, strahujući da će se opeći, da nemaju ništa osim jednog zbogom da kažu i dočekaju.

– Voleo bih da ti kažem da ne ideš. Da te zadržim poljupcem i ne pustim sve dok se ne predomisliš. – Salvatore steže rukav Đulijine majice. Osmehuje se, iako se ne smeši.

– Postoji nešto što sad znamo. – Đuliji se iz grla otima pregršt reči, koje obuzimaju Salvatorea. Traži nešto u džepu i vadi izgužvanu ružičastu kovertu iskrzanih ivica, kao da je pismo u njoj mnogo puta pročitano.

– Našao ju je portir zgrade mojih roditelja. Na zidiću s klupom i tri drveta. Rekao mi je da te je video uzrujanog, i da te je potražio. Od malih nogu sam mu pričala o tebi, bio nam je privržen, navijao je za nas.

Salvatore je prepoznaje, uzme je i otvori. Seća se tog pisma, skoro od reči do reči.

– To je obećanje, Salvatore. Vratiću se, ovo je naše mesto, a stigao je i naš trenutak.

Pozdrave se onako kako su se pozdravljali kao deca, s prošaputanom i uzvraćenom rečenicom, milovanjem i snažnim zagrljajem iz kojeg se malo-pomalo izvijaju, ne povlačeći granice, ne obeležavajući tačke prekida, jednostavno zato što ih njihova priča nema.

Iz presude Suda za ljudska prava u slučaju *Hirsi Džama i ostali protiv Italije* (23. februar 2012)

„Kad postoji opasnost od teške štete pretrpljene usled spoljašnjeg nasilja, unutrašnjeg oružanog sukoba, vansudskog pogubljenja, nasilnog nestanka, izvršenja smrtne kazne, mučenja, nehumanog i degradirajućeg postupanja, procesa zasnovanog na retroaktivnom krivičnom zakonu ili na dokazima pribavljenjim mučenjem, nehumanog i degradirajućeg postupanja u državi prihvata, obaveza neodbijanja predstavlja neospornu obavezu za sve države.

„Izbeglice koje pokušavaju da pobegnu iz Afrike ne traže pravo da budu primljene u Evropu. Oni samo traže da Evropa, kolevka idealizma u pogledu ljudskih prava i zavičaj države prava, prestane da zatvara svoja vrata očajnicima koji beže pred samovoljom i brutalnošću. To je skromna molba, koju, uostalom, podržava i Evropska konvencija za ljudska prava.

„Nemojmo biti gluvi pred tom mobom.“

Zahvalnost

Pisanje je strast i napor. Potrebni su sistem i istrajnost, izražen kritički duh, samoća.

A potrebni su i ljudi koji veruju u tebe, koji kad nestaneš između četiri zida razumeju kuda ideš, šta ti je cilj, razumeju tvoj poriv, nužnost i potrebu.

Hvala Adeli što je, držeći za ruku Cena, pošla na naše putovanje.

Hvala mom ocu na iskrenosti i zalaganju.

I mojoj majci na velikodušnosti i što mi je prenela ljubav prema književnosti.

Mikeleu, na putovanju na Lampeduzu i što je verovao u svoj dečački san.

Stefanoneu, na iskrenom prijateljstvu.

Viki Satlou na telefonskom pozivu 20. septembra uveče 2010, u kojem mi je, bez trunke sumnje, rekla da želi da bude moj agent. Hvala na istrajnom poverenju u moje pisanje i u jedan dugoročni projekat. Na dragocenim savetima.

Ričardi Brbijeri što mi je omogućila da čujem da je *Feltrineli* pre svega „kuća“, a ne samo izdavač. Na njenom zaraznom poletu i što je nepokolebljivo želela da bude urednik romana *Kornjače se uvek vrate*.

Đanluki Folji na lepim rečima o romanu i spremnosti da ga pretvori u nešto važno.

Đuliji Beloni, na telefonskim razgovorima, imejlovima, što je odmah zavolela Đuliju i Salvatorea.

I Điđiju i Gabrijeli, koji mi i dalje prave društvo, gde god da su.

Ne znam šta će se dogoditi, kuda će me likovi ove priče odvesti, ali znam da sam srećan dok pišem ovo malo redova.

Zbog toga hvala i tebi koji ih čitaš.

Enco Đanmarija Napolilo

Beleška o autoru

Enco Đanmarija Napolilo rođen je 1977. Njegova prva knjiga, *Remo contro* (2009), za svega nekoliko meseci doživela je tri izdanja. Druga, *Kornjače se uvek vrate* (2015), imala je pet izdanja. Iste godine Napolilo je bio finalista Nagrade *Fjezole*. Živi u Komu i Milanu, ali sanja o životu na nekom sredozemnom ostrvu.

Knjige Enca Đanmarije Napolila u izdanju Izdavačke kuće TEA BOOKS d.o.o. (digitalna i/ili štampana izdanja)

Karlo je izašao sâm
Kornjače se uvek vrate

www.ingramcontent.com/pod-product-compliance
Lightning Source LLC
La Vergne TN
LVHW091631100826
845152LV00001B/2

* 9 7 8 8 6 6 1 4 2 1 2 7 3 *